満鉄探偵

欧亜急行の殺人

山本巧次

PHP
文芸文庫

○本表紙デザイン＋ロゴ＝川上成夫

満鉄探偵　欧亜急行の殺人　目次

第一章　大連（だいれん）

一

夜の静寂に、長い汽笛が響いた。女は街路を歩く足を止め、腕時計を確かめた。午後十時十分過ぎ。喧騒の港町大連も、夜遅くこの辺りのような住宅街で表通りから一筋入れば、ほとんど人の姿もない。

女は再び歩き出した。旗袍を着たままなのを、少し後悔した。浪速通りなどの繁華街なら普通だが、夜の住宅街ではどうしても目立つ。行く先の家は、次の角を曲がったところだ。このまま誰とも行き合わなければ幸いである。

角を曲がって数歩進み、石の門柱の前に立った。格子の門扉は閉まっているが、押すとすぐ開いた。女は玄関ドアに進む。その家は、さほど大きくはないが、和洋折衷の造りであるらしく、玄関はモルタルの壁にドアが設えられているのに、奥には縁側が見えた。灯りは見えない。先ほど電話してみると誰も出なかったので、不在と考え来てみたのだが、思惑通りであるらしい。

女はハンドバッグから運転手が使うような白い布手袋を出して、両手に嵌めた。それから、小さい鉤状の金属棒を取り出す。解錠用の道具である。後ろを確かめた。人影、足音、共になし。沙河口の方へ向かう電車の音が、微かに聞こえるだけだ。

女は玄関ドアの前にしゃがみ、仕事にかかった。が、すぐに眉をひそめた。鍵はかかっていない。ノブを回すと、ドアはあっさり開いた。良くない兆候だ。

女は玄関に入り、後ろ手にそうっとドアを閉めた。街灯の光が入らなくなり、真っ暗だ。手探りで小型の懐中電灯を出し、人の気配がないか神経を集中させ、大丈夫と確信してから点灯した。

足音を忍ばせ、廊下を進む。右手の最初のドアが、半開きになっていた。音を立てずに体を滑り込ませる。丸テーブルと安楽椅子が、懐中電灯の光に浮かび上がった。客間か、居間のようだ。テーブルには、グラスが二つ載っている。琥珀色の液体が残っていた。客があって、ウヰスキーでも酌み交わしたか。

その客と、改めて飲み直しにでも出かけたのか。だが、玄関を施錠しないのはおかしい。それほど迂闊な人間ではないはずだ。女は、懐中電灯を動かして左手の壁の戸棚、そして床を照らした。

光の輪に浮かび上がったものを見て、女は息を呑み、強張った。ズボンを穿いた足が二本、床に伸びていた。懐中電灯を、そうっと上半身の方へ動かす。黒っぽい斑点のついた半袖のシャツと、赤黒い塊となった後頭部が見えた。

女はテーブルを迂回して、床に散った血を踏まないように細心の注意を払い、床に倒れた人物の脇に屈み込んで、顔を調べた。間違いない。この家の主だ。目を見開き、呆然としたような表情を浮かべている。血は乾ききっておらず、死後硬直も始まっていない。惨劇があってから、そう長い時間は経っていないのだ。見回すと、五十センチほど離れたところに、ブロンズ像が転がっていた。日本の神像、大黒天だ。台座に血と髪の毛がこびりついている。これで後頭部を殴られたに相違ない。

女は凶器から目を離して立ち上がり、何物にも触れないよう、ゆっくりと廊下に出た。人の気配が感じられない以上、犯人はとうに立ち去っている。灯りは消したものの、玄関を施錠する余裕はなかったようだ。鍵が見つからなかったのかもしれない。指紋は始末できたのだろうか。

廊下を挟んだ向かいにも、ドアがある。女はドアに近寄り、開けてみた。中を照らすと、書棚と書き物机と回転椅子が見えた。ここが書斎だろう。女はさっと中に入って机に歩み寄り、抽斗を順に開け、中の書類を取り出して机の上に並べた。懐中電灯で、一束ずつ吟味していく。

一通り目を通すと、書棚の方に移った。中国語、英語、日本語で書かれた背表紙がぎっしり並んでいる。ロシア語のものもあった。全てを検める暇はないので、取り敢えず隠し戸棚のようなものがないかだけ、確認した。どうやら、何の変哲もない書棚のようだ。

　机の脇に、書類鞄（かばん）が一つあった。調べてみたが、空（から）である。他の戸棚の抽斗も調べたが、請求書、領収書、郵便物、どこかの会社概要らしきものばかりで、役に立ちそうなのは住所録ぐらいしかなかった。女はそれを広げ、超小型のミノックスカメラをバッグから出して、懐中電灯の光で撮影した。光量不足になるが、仕方がない。

　撮影を終えた女は時計を確かめた。ここへ入って、三十分余り過ぎている。もう長居はできない。

　玄関から出るときは、入るときよりずっと慎重になった。幸い、人の姿はなかった。女はもう一度頭の中で、余計なものに触れていないか、動かしたものは元通りにしたか、検証した。そして満足すると、素早く門から出た。門と玄関の間に敷石があるのは、助かった。これなら、土の上に足跡を残さずに済む。まあ、それは犯人も同じということだが。

　早苗町（さなえちょう）の表通りに出ると、仕事か宴席の帰りらしい勤め人の歩く姿が、ちらほら見えた。女に注意を向ける者は、誰もいない。女は振り向きもせず、早足になり過ぎないよう気を付けながら、電車通りを目指した。

　十分近く歩いて、電車通りで電話ボックスを見つけた。女はそこへ入り、覚えている番号を回した。大連市内は交換台を通さずにダイヤルで繋がるのが有難い。一回の呼び出し音で相手が出た。

「大連ヤマトホテルでございます」

「三〇五号室をお願いします」

「お名前をお伺いしてもよろしゅうございますか」

「ただ繋いでいただければ。待っているはずです」

「かしこまりました」

十秒ほどの間があり、カチリと音がして相手が出た。

「はい」

「私です。問題が起きました。彼は死んでいます」

一瞬、絶句する気配があった。普段は大抵のことに動じない人物だが、これはさすがに意外だったようだ。

「状況は」

「殺人です」

再び、絶句する気配。

「奴の仕業か」

「それは不明です」

「警察はまだ気付いていないか」

「はい」

「では、戻れ。すぐにそちらへ行って、報告を聞く」

「わかりました」

女は電話を切り、ボックスを出た。そのまま、中心街の方向に歩き始める。幸いなことに、二分も行かないうちに流しの空車が通りかかった。手を上げて止め、すぐに乗り込む。

「どちらです？」

運転手は、愛想が良かった。帰宅する客を乗せた帰りで、空車で戻らずに済むことを幸運と思っているのだろう。

「浪速通りへ」

運転手が頷き、タクシーはすぐに縁石を離れた。どっと疲れが出た女は、座席に身を沈み込ませた。

まったく、死体に遭遇するなどとは思いもしなかった。充分な家捜しはとてもできなかったが、見た限りでは価値のありそうな文書や帳票の類いは、何もなかった。周到に隠されているのか、犯人が持ち去ったか。或いは、既に誰かの手に売り渡されたか。それとも、もともとそんなものは存在しなかったのか。

まあ、ここで考えても仕方がない。女は肩を竦めた。そういうことに頭を悩ませ、結論を出すのは自分の仕事ではない。

また時計を見た。十一時十五分。道は空いているから、十一時半には戻れるだろう。誰かが気付いて警察を呼ぶのは、明日の朝だろうか。それだけ時間があれば、犯人は遠くに去ることができる。もし「奴の仕業」であるならば、だが。

二

大連は、もともとロシア人技師によって設計された都市である。パリを手本として、市街中央の大広場から放射状に十本の街路が延びるのが特徴だ。日露戦争の結果、日本の統治下になってからは、それらの街路に山縣通りとか大山通りとか、日本式の名前が付けられていた。東に延びるのが大連電気鉄道の電車も走る東公園町通りで、大広場から停留所一つ分行った所に、ローマ時代の宮殿を思わせるような、石造りの建物が威容を誇っている。南満州鉄道株式会社、通称満鉄の本社である。

その朝、詫間耕一は、いつもの通り始業十五分前、この豪壮な建物に出勤した。守衛や顔見知りの社員たちと軽く挨拶を交わしながら廊下を進んで、「資料課」という札の掛かった事務室に入る。鞄を置いて自席に座り、ほうと一息ついた。課の同僚は、半分ほどが既に出勤していた。夏の盛りということで窓は開けられ、扇風機も回っている。早々と扇子（せんす）を使っている者もいた。冬場は氷点下が当たり前の大連も、真夏は三十度に達することが珍しくない。今日もそんな暑い日になりそうだ、と耕一は思い、額（ひたい）をハンカチで拭（ぬぐ）った。

給仕が、湯気の立つ中国茶を机に置いた。礼を言って一口啜（すす）り、抽斗から書類を出す。日本式に冷たい麦茶がほしいところだが、満人（まんじん）も漢人（かんじん）も、暑い最中（さなか）であっても体に悪いからと、冷たい飲み物を好まない。敢えて冷えた茶を用意させる者もいたが、耕一は郷に入っては郷に従うことにしていた。

課長が席につき、始業の鐘が鳴った。耕一は、昨日までに大方仕上げた書類の下書きに手を入れようと、赤鉛筆を動かし始めた。が、数分もしないうちに、傍（かたわ）らに寄ってきた主任に声をかけられた。

「詫間君、ちょっといいか」

「はあ、何でしょう」

耕一より五つほど上、三十代半ばの主任は、眼鏡（めがね）を押し上げながら軽い調子で言った。

「先週、補足修正をして回した、内蒙古（うちもうこ）の資料があったろう。覚えてるか」

「ああ、あれですか。地質調査か探鉱調査か、そんなやつでしたね」

確か三、四年前に行った現地調査の報告に、最近の情報を加えて更新（アップデイト）したものだ。庶務課経由で、経済調査会の方へ回したはずだが。

「経済調査会に届いてないようだ。どっかで滞（とどこお）ってるんじゃないかな。済まんが、庶務課で聞いてきてくれんか」

「はあ。滞るような大層なものじゃないと思いますがねえ。まあ、行ってきましょう」

雑用は、さっさと片付けた方がいい。耕一は、頼むわと手を振る主任に目礼して、すぐ席を立った。

満鉄の資料課は、名称としては冴えないが、調査部の流れを汲（く）む由緒正しき部署である。調査部は、明治三十九（一九〇六）年十一月の会社創立から僅（わず）か五カ月後の明治四十年四月、初代社長後藤新平（ごとうしんぺい）の肝煎（きもい）りで創設された部門であった。満州全域から周辺地域に至る地理、歴史、民俗、産業などに加え、ロシア情勢などについての情報を収集することを目的としており、日露戦争終結後の不安定な満州で事業を行うためには、不可欠の存在であった。

昭和も十一年となった現在では、その調査業務の主たる部分は、四年前に作られた経済調査会が引き継ぐ形になっている。その調査能力と陣容はますます充実しているが、経済調査会は関東軍の影響が強く、調査目的も軍の戦略に基づいていた。そういう方向性にはいささか納得しきれないものがある耕一としては、本社に残り、資料課で管理する旧調査部資料をいつでも閲覧できる立場にあるのを、幸いと思っている。

庶務課の部屋に入った耕一は、さっと見回して、よく知っている顔を見つけた。淵上時雄という先輩社員で、性格は生真面目、悪く言うと地味だ。だが、物事を尋ねるのにはちょうどいい。

「淵上さん、おはようございます。ちょっとお邪魔します」

机に噛り付くようにして書類に何か記入していた淵上が、顔を上げた。三十三という年齢からすると、老け顔だ。両腕に嵌めた黒い腕貫きが、いかにも事務員らしい。

「ああ、詫間君か。おはよう。何かな」

「ちょっと教えてほしいことがありまして」

耕一は、空いている椅子を引いてきて、淵上の隣に腰を下ろした。

「先週、うちの方から経済調査会に回した書類ですが、まだ届かないらしいんです」

耕一が書類の概要を話すと、淵上は背後にある戸棚に手を突っ込み、書類の受付簿を引っ張り出して繰り始めた。

「ああ……これか。『内蒙古ハルハ川近辺ニ於ケル探鉱、油母頁岩及ビ石油埋蔵可能性ニツイテノ報告　昭和七年九月　昭和十一年七月更新』だな」

「そう、それです」

厳めしい表題の割には、さしたる内容ではなかったように思う。が、呟くように表題を口にしてから、淵上は怪訝な顔をした。

「おかしいな。六日前にここに来てるのに、出た記録がない」

淵上は受付簿を閉じ、書類配送棚のところへ行って中を調べ、次に未決箱に積み上がっている書類と稟議を一つずつ見ていった。そして、かぶりを振った。

「見当たらんな」

「ない……ですか」

耕一は、首を傾げた。

「どっかへ紛れ込みましたかね」

「それはないと思うが……ここで見つからん以上、そうかもしれんなあ」

淵上は、煮え切らない物言いをした。庶務課の手違い、とは思われたくないのだろう。

「重要書類ではなかったよね」

「はい。一応、社内限りにはなってますが、一番軽いやつなんで」

「わかった。こっちでも捜しておくから」

それきりで、淵上は仕事に戻る素振りを見せた。耕一はお願いしますと言い置いて、自分の部署に戻った。

「行方不明とは、困るじゃないか」

報告すると、主任は顔を顰めた。

「捜すとは言ってましたが」

「大丈夫なのかね、庶務課は」

主任の言い方には、棘が含まれていた。何かあるんですか、と耕一が聞くと、主任は声を落とした。

「先月には、経済調査会から回ってきた資料が見当たらなくなったんだ」

「え、そうなんですか」

満鉄の書類管理は、かなり徹底している。それでも手違いは起きるが、二度三度というのは問題である。

「明日、もう一度確かめておきます」

「頼む。何度もあるようなら、上に報告せにゃならん」

主任は顔を顰めたまま、それだけ言って席に戻った。

翌日、耕一は忘れないうちにと、午前中に淵上のところへ出向いた。昨日の今日でまたか、と嫌な顔をされるのは覚悟の上だ。

「急かすようで申し訳ありません。昨日の話ですが」

そう切り出すと、やはり淵上は面白くなさそうだった。

「急ぐのか。一応、どこかにないかあちこち見てみたんだが……」

淵上は言いかけた言葉を、そこで止めた。何か思案する様子だ。黙って待っていると、ふいに淵上が腰を上げた。

「時間あるか。ちょっとお茶でも行こう」

耕一は驚いた。淵上がこんなことを言うのは、非常に珍しい。耕一としては否やはないので、すぐ「いいですよ」と返事し、二人して玄関から通りに出た。

右手に回り、社員クラブの前を通って薩摩町に出たところで、喫茶店に入った。耕一も何度か使っている店だ。淵上は店主が「いらっしゃいませ」と声をかけるのには応えず、店内を見回して一番奥の席についた。耕一も向かい合った席に座った。内緒話でもするような趣だ。ここは他の満鉄社員もよく利用するので、それを気にしているのか。

淵上が珈琲を頼んだので、耕一もそれに合わせた。注文を受けた店主が下がったところで、淵上はテーブルに肘をつき、顔の前で手を組むと、小声で話を始めた。

「実は、書類が行方不明になったのは、これが初めてじゃない。今月二度目だ。先月には経済調査会から君のところへの書類も、見当たらなくなっている」

昨日主任から聞いた通りだ。淵上の態度からすると、単なる不注意というわけでもなさそうだった。

「何か理由があるんですか」

「わからん。だが、気にはなる」

「まさか盗まれた、とかじゃないでしょうね」

「いや、行方のわからない書類は、内容がバラバラだ。何か目的があって盗んだとも思えん。手当たり次第ってことは、さすがになかろう」

「なるほど。それじゃ、紛失ですか」

「うーん」

淵上は困惑したように唸った。

「だろうとは思う。今までにも、紛失がなかったわけじゃない。しかし、短い期間に何件も続く、というのはどうも解せん」

「誰かが意図的に隠しているとか？」

「そんなことをして、何になる」

それを言われると、耕一に答えはない。掌を天井に向けた。そこへ珈琲が運ばれてきたので、二人はしばし黙って、それを味わった。

「どうしたものですかねえ」

カップを置いて、耕一が聞いた。淵上は溜息をついた。

「調べてみる。大したことではないと思うんだが」

言ってから、淵上は上目遣いに耕一を見た。

「だからその、調べる間、あまり騒ぎ立てんでもらえると助かる。大ごとにして、後で何でもなかったとなっては、余計厄介だからな」

庶務課が責任を追及されるようになっては困る、と言いたいわけだ。淵上の立場もわかるので、耕一は了解した。

「主任には、淵上さんにお任せしました、と言っておきます。見つかったら、すぐ知らせて下さい」

「ありがとう。何かわかり次第、君に伝えるよ」

淵上は安堵したような笑みを浮かべ、珈琲の残りを飲み干した。

淵上の話を報告すると、主任は疑わしげな表情になった。

「任せといていいのか。庶務課の失敗を塗り隠そうってんじゃなかろうな」

「事を大きくしても、益はありませんし。まあ様子を見ましょう」

主任は幾分不満そうだったが、それ以上は言わなかった。

「経済調査会は、急いでいるんですか」

「あの報告書をか？　いや、そうでもない。忘れてるんじゃないか、と確認してきただけだ」

ならば、淵上の調べにあと数日かかっても、そう問題はあるまい。耕一はほっとして、自分の仕事に戻った。


事情が変わったのは、二日後だった。始業から五分も経たない頃、耕一の席の電話が鳴った。

「資料課、詫間です」

「総裁室秘書です。総裁がお呼びです」

はっとして、周りに目をやった。誰もこちらを気にしてはいない。

「承知しました」

それだけ言って電話を切ると、すぐに立って課長に「ちょっと出ます」と告げた。課長は無言で頷いた。ある程度、察しているようだ。耕一は急ぎ足で、総裁室に向かった。

総裁室の前まで来ると、耕一の顔を見た秘書が立ち上がり、ドアをノックした。「はい」との応答を聞いてドアを開ける。秘書は中に向かって「詫間さんが来られました」と声をかけてから、体を引いて耕一を通した。

「失礼します」

耕一は部屋に一歩踏み込み、姿勢を正して一礼した。その後ろで、秘書がドアを閉めた。

「かけたまえ」

満鉄総裁松岡洋右(まつおかようすけ)は、鷹揚(おうよう)な仕草で目の前のソファを示した。耕一が再度「失礼します」と言って座ると、松岡は大股にソファに歩み寄り、耕一の向かいにどかりと腰を下ろした。

「君に調べてほしいことがあるんだ」

松岡は、いきなり本題に入った。相変わらず忙しい人だな、と耕一は内心で思う。その一方、松岡の肩には様々な圧力と重荷が乗っていることも、耕一は知っていた。

総裁就任から一年、松岡には満鉄改組問題が重くのしかかっていた。改組と言えば聞こえはいいが、それは満州の経営において主導的役割を担ってきた満鉄を、関東軍の方針に基づく国策事業のみ行う会社に建替えるものであった。事実上の格下げだ。数年前、満鉄中興の祖と言われた山本条太郎総裁の下で、副総裁として事業拡大に辣腕を振るった松岡としては、忸怩たるものがあるはずだ。

政友会内閣の退陣に伴い、山本と共に一旦満鉄を去った松岡は、政友会代議士を務めて民政党の幣原外交を舌鋒鋭く攻撃した。その後は国際連盟脱退の際の堂々たる振る舞いから国民的英雄となっていたのだが、古い友人である南次郎前関東軍司令官の要望で、満鉄総裁に推されたのである。関東軍の意向で総裁に就任する形となり、かつて自分が邁進したのとは違う方向に満鉄を進めざるを得なくなった松岡の胸中がどのようなものかは、耕一のような下っ端にさえ、多少なりとも想像がついた。

「君、近頃社内で度々、文書が消えているのを知っとるかね」

いきなり言われて、耕一はぎょっとした。もしや、淵上と話したあの件のことを指しているのか。しかし、総裁が直々に乗り出すほどのこととは思わなかった。

「耳に挟んではおります。うちの部署に関わる書類も、行方不明になりました。しかし、いずれも重要度の低い文書と聞いていますが」

「全部が全部じゃない。重要なものもあったんだ」

え、と耕一が眉を上げると、松岡は耕一が口を挟む間もなく、話し始めた。

「完全に消えちまったとは限らん。いや、確かに全く出てこないものもあるが、特に重要な幾(いく)つかは、一旦消えてからしばらくして見つかったんだ。一度くらいそういうことがあっても大して気にはせんが、何度もとなるとそうはいかん。永久的にせよ一時的にせよ、この社内で文書が消えるなどということは、保安上由々(ゆゆ)しきことだ。違うかね」

「おっしゃる通りです。そのような事件が続いているとなりますと……」

「もしこれらの文書が、だ。外部に流出しているとなると、直(ただ)ちにこれを止めなくてはならん。考えたくはないことだが、社内にそういうことをしている人間がおるなら、速(すみ)やかに炙(あぶ)り出し、外部の何者と接触しておるのか、突き止める必要がある」

「はい。可能性としましては……」

「よしんば外部流出ではないとしても、文書が自分で隠れたり出てきたりするわけはない。誰が何のためにやっておるのか。単なる注意散漫による紛失か。私はそうは思わんが、もしそうであるとすれば、それはそれで社内の綱紀粛正(こうきしゅくせい)が必要となる。いずれにしても、放置してよい問題ではない」

松岡は、一気にまくし立てた。耕一は、やれやれと苦笑する。松岡の悪い癖だ。人に口を出す機会を与えず、一方的に演説する。若い頃アメリカで苦学したことで培(つちか)われたのか、弁舌は巧みで議論には滅法(めっぽう)強いのだが、やたらと饒舌(じょうぜつ)で話が長いのは、多分に本人の生まれ持った性癖だろうと耕一は思っていた。

「とにかく、憲兵などに入ってこられては厄介だ。早急に決着させてくれ」

「承知いたしました」

話の三分の二ほどは右から左へ抜けたが、要点はきっちり理解できた。外から介入される隙を与えず、この件に片を付けろ、ということだ。

「君はこういうことにかけては優秀だからな」

「ありがとうございます。ご期待に添うように努めます」

耕一は、軽く頭を下げた。無論、このような仕事は資料課の範疇にはない。だが、間違いなく耕一の仕事ではあった。

耕一が、満鉄の内部調査を担当する秘密の要員として採用されたのは、四年ほど前のことだ。その仕事は社員たちには一切知らされず、指令と報告は総裁との間でだけ行われる。存在を知るのは、総裁と副総裁、内務担当の理事の他、ごく僅かな幹部社員だけとなっており、公式には関東軍にも知らされていない。この職は十年以上も前に設けられ、耕一は三代目だった。

耕一を推薦したのは、亡くなった父の友人で、神戸と大連を拠点に貿易を行っていた西島昌平という人物だった。耕一の父は文房具を作る小さな会社を経営していたが、東京渡辺銀行の破綻から始まった大恐慌で破産寸前に陥った。そのとき、西島の援助で辛うじて息を繋いだのである。だがその父も四年前に亡くなり、会社の後始末を終えたすぐ後に母も亡くなった。一人いた姉は既に嫁いでいたので、独り身になった耕一に、満州で働かないかと西島が声をかけてきた。家業を畳んでから特に何をする当てもなかった耕一は、それもいいかと世話になることにしたのだ。

だが、満州での仕事を聞いて驚いた。なんと満鉄の調査員だという。西島が満鉄に太いパイプを持っているのも、このとき初めて知った。探偵仕事など無理だ、と言おうとしたが、失せ物捜しが得意だったことから、君はもともとその才がある、と学生時代から西島に言われていたのを思い出した。そのときは冗談だろうと聞き流したが、どうも本気だったらしい。考えたものの、次第に冒険心が頭をもたげ、それもいいか、と開き直って話を受けることにした。

面接は、二代前の満鉄総裁、内田康哉が直々に行った。耕一はかなり緊張したが、その時点で内田は退任が決まっており、西島の推薦をそのまま受け入れたようで、すんなり採用された。どうなるのかと思ったが、やってみると存外面白く、秘密任務を持っているという意識は、妙に心を沸き立たせた。そんなわけで、西島が亡くなり、総裁が二度交代した今も、その任務を続けている。

「当てはあるかね」

松岡が聞いた。耕一は少し考え、頷く。

「社内は、自分で調べます。外部については、警察に内々で動いてくれる人物がいます」

警察、と聞いて松岡の表情が曇った。

「信用できるんだろうね」

「何度か世話になっています。それに、憲兵が大嫌いです。たぶん、私たち以上に」

松岡が、ニヤリとした。

「わかった。任せる」

三

さて、どこから手を付けるか。耕一はまず、文書課に出向き、淵上と松岡の話の裏付けを取った。資料課から出た書類の行方を捜すふりをして、他に消えた文書がないか確かめたのだ。

「ああ、その報告書ね。庶務の淵上さんからも問い合わせがありましたよ。いや、こっちへは回ってません。他にそんな例？　ええ、なくもないですね。興業部の書類と撫順炭鉱の報告書が見当たらなくなったことがありますが、四、五日で出てきましたよ。気が付いたら、棚に戻ってたそうで」

若い文書課員は、耕一の問いに答えて言った。

「いつの話ですか」

「ここ三カ月くらいです。そう言えば、今まであんまりこういうことはなかったですね。文書管理の徹底について、文書課からも通達を出しておくようにします」

「よろしくお願いします」

資料課の報告書については、見つけたらすぐ知らせますと言う課員に礼を述べ、耕一は淵上のところへ行った。

「何だ、まだあれは見つかってないぜ」

淵上は、また来たのかという表情をはっきり浮かべた。

「いやあ、済みません。どうも気になりまして。こりゃあ、性分ですかね」

耕一は、詫びながら笑って頭を掻いた。

「資料課に戻っているということは、ないんだろうね」

「もちろん、そんなことはないです」

「騒ぎ立てんでくれ、と頼んだはずだが」

淵上は、じろりと耕一を睨んだ。文書課に行ったのが、もう伝わったのか。いや、それはあるまい。

「いや、それは気を付けていますよ。書類が外部に出たってことは、本当にないですかね」

「前も言ったが、あんな書類……いや、失礼、さほど重要性のないバラバラの書類を持ち出しても、意味がなかろう」

興業部や炭鉱の報告書であれば、それなりに意味があるかもしれない。が、淵上がその件を知らないなら、ここで口に出すわけにもいかない。

「ですよねえ。いや、お邪魔しました」

耕一はへらへらと笑い、淵上の渋面(じゅうめん)に送られて庶務課を出た。

自席に戻った耕一は、電話機に手を伸ばして会社の交換台を呼び出し、外線番号を告げて繋いでもらった。すぐに太い声が応答した。

「はい、刑事課」

「満鉄の詫間といいます。矢崎(やざき)さんはおられますか」

「ちょっとお待ちを」

受話器の向こうでがさごそ音がし、聞き慣れた声が響いた。

「よう、しばらくだな」

「やあ、どうも。急でなんだが、昼飯はどうかな」

「いいね。今日は幸い、これといった事件はない。どこへ行く」

「先月行った料理屋で、十二時ってことでいいか」

「わかった。じゃ、後で」

　受話器を置いて、時計を確かめた。十一時になったところだ。まだ三十分以上は余裕があるので、取り敢えず本来の資料課の仕事を片付けようと、耕一はペンを取り上げた。


　満鉄本社を出た耕一は、ちょうどやってきた電車に乗り、大広場を回って五つ先の電気遊園で降りた。この辺り、通りの北側は連鎖（れんさ）商店街という賑やかな場所になっており、鉄筋コンクリート二、三階建てのデザインが統一された店が、二百軒余りも八街区にわたって連なっている。近代化された大連市を象徴する名所であった。

　耕一は、商店街の中へ歩み入った。平日でも多い買い物客を躱（かわ）し、歩道に面してずらり並んだ巨大なショーウインドウを眺（なが）めつつ、一軒の北京（ペキン）料理店に入る。ボーイに案内されるまでもなく、中ほどのテーブルにいる矢崎が目に入った。耕一に手を振っている。耕一は小さく手を上げて応じ、同じテーブルについた。

「やあ、呼び出して悪かったな」

「いや、全く構わん。お前の奢りなら」

耕一は苦笑し、メニューを取り上げる。

「刀削麺でいいか」

「奢られる方は、何でもＯＫだ」

耕一が刀削麺と肉入り包子を注文すると、矢崎は耕一の方に顔を近付けた。

「タダ飯を食わしてくれるために誘ったんじゃあるまい。何か面倒事か」

「まあ、面倒ってほどでもないが。気になることがあってな」

矢崎は、目で先を促した。矢崎新太郎は大連警察署刑事課の警部補で、耕一とは出自はだいぶ異なるが、仕事柄何度も接触するうち、意気投合して友人付き合いをするようになっていた。年は淵上と同じはずだが、はるかに若々しく、図体も立派である。

「どうも、社内の書類が外へ流れている気配があってね」

ほう、と矢崎が眉を上げ、声をひそめた。

「スパイでもいるのか？　だったら特高（特別高等警察）の管轄だぞ」

「いや、そんな大層な話じゃなさそうだ。流出したと思われるのは、機密というほどのものじゃない」

「その分、管理も甘かったわけか」

「そう言えるかもな」

　耕一は肩を竦め、行方不明になった書類の内容を話した。

「ふむ。消えて数日でまた出てきたものがあるのか。それは、単にどこかへ紛れ込んでいただけ、というんじゃないのか」

「出てき方がおかしい。捜して見つかった、というんじゃなく、突然あるべき場所に戻っていた、という感じらしい」

「ほう。何か考えがあるか」

「写しを取ってから戻したんじゃないか、と思う」

　矢崎は「なるほど」と呟いて、茶を啜った。

「そいつはどれも、満鉄の事業内容に関する書類だよな。欲しがるとしたら、どんな連中だ」

　耕一はちょっと考えて、答えた。

「結構いるな。満州に進出を考えている企業なら、内外問わず。無論、北支(ほくし)の軍閥や国民党やソ連も含まれる」

「しかし君の話によると、満鉄本社に忍び込んで盗み出すほどのものじゃない。だが、目の前にあれば、喜んで頂戴する。そんな感じか」

矢崎の言わんとすることは、耕一にもすぐわかった。

「情報ブローカーか。そういう奴らが手に入れて、欲しがりそうな連中に売る、と」

矢崎が頷く。

「満鉄社内の誰かが、小遣い稼ぎを考えたかもしれん」

「まさかとは思うがね」

満鉄社員の待遇は内地の役所や会社に比べてもかなり良く、各自のプライドも高い。そういう輩(やから)がいると、考えたくはない。しかし、それを疑うのがまさに耕一の仕事だった。社内の者なら、こうした書類を一時的に持ち出すのは簡単だ。

「売買の仲介をするとしたら、何者だろう。心当たりはあるかい」

大勢の社員を調べるより、そちらから当たった方が早そうだ。矢崎は「そうだな」としばし考えた。そこで料理が来た。矢崎は早速箸(はし)を使い、麺を口に含んで笑みを浮かべた。

「うん、やっぱりここのは旨い」

「だよな」

耕一は包子の方を先に取った。齧(かじ)ると香料と挽肉の味が、口中にぱっと広がる。こっちも旨い。二人は少しの間、食べるのに集中した。

半分ほど食べたところで、矢崎が言った。

「思い当たるのは、塙宗謙かな。聞いたことあるだろ」

「ああ……奴か」

耕一も、顔と名前くらいは知っていた。確か四十過ぎの元大陸浪人で、今は大連に落ち着き、関東軍などを相手に情報を売っているらしい。一方で、満人の裏社会や国民党とも繋がりがあると噂されていた。満鉄に出入りしているのを見かけたこともある。

「確かにあいつなら、一枚嚙んでいそうだな。あんた、よく知ってるのか」

「何度も拝顔の栄に浴している。自分で事件を起こしたことはないが、裏でいろいろと関わってることがあってな。胡散臭い、って言葉は奴のためにあるようなもんだ」

ふうん、と耕一は腕組みする。満鉄本社にも入ってくるあの男なら、目に付いた書類を自分で盗み出すことができたかもしれない。

「なんなら、夕方でも奴さんのヤサに行ってみるかい」

矢崎が思いがけないことを言った。

「直に行って話を聞くのか？　何か喋るかな」

「自分が嚙んでりゃ喋らんだろうが、満鉄社員のあんたが俺と一緒に行けば、何がどこまでばれてるのかと疑心暗鬼になるだろう。今度の件では空振りになったとしても、時々揺さぶりをかけておいて損はない」

　それもそうか、と耕一は納得し、資料課の仕事を早めに切り上げ、五時に待ち合わせて塙の家に出向くことにした。家は早苗町だという。

「なかなか食えない男だからな。会えば何かと面白いぜ。それじゃ、ごちそうさん」

　食べ終えて茶を飲み干した矢崎は、機嫌よく手を振って店を出ていった。

　矢崎と一緒にタクシーで早苗町に着いたのは、六時前だった。夕日はもう山の端にかかっているが、昼の暑さはまだ和らいでいない。矢崎は麻の上着を脱いで手に持ち、しきりに扇子を使っている。

「その角を右に曲がって、二軒目だ」

　矢崎が扇子で指した。そちらに曲がると、洋風の表構えに和式の屋根が繋がった家があった。表札はないが、これが塙の家らしい。

「和洋折衷か。洒落てるというより、まとまりのない建て方だな」

　耕一が評して言うと、上着を着直した矢崎が笑った。

「美的センスに秀でているとは思えん奴だからな。袴を穿いてソフト帽を被ってたりする。この家、中古で買ったんだろうが、俺なら買わんね」

そんなことを言いながら、矢崎は玄関の呼び鈴を押した。奥で呼び鈴が鳴るのが聞こえたが、人が出てくる気配はない。

「なんだ、留守か」

耕一ががっかりして言うと、矢崎は首を傾げた。

「門扉が開いたままだ。ちょっと不用心過ぎる」

矢崎はドアノブを握った。ノブは回り、あっさりドアが開いた。耕一と矢崎は、顔を見合わせた。矢崎が目で、入るぞ、静かにしろと告げた。

玄関の三和土（たたき）に足を踏み入れた矢崎は、顔を顰めた。その理由は、耕一にもすぐわかった。嫌な臭（にお）いが漂（ただよ）っている。

「こいつを使え」

矢崎がポケットから手袋を出し、耕一に渡した。二人は手袋を嵌めてから、慎重に靴を脱いで家に上がった。

廊下に踏み出してすぐ右手に、半開きのドアがあった。臭いはそこから漏（も）れているようだ。その部屋に何があるか、既に予測がついている二人は、そっとドアを押し開けた。

入って二歩進んだところで、死体を見つけた。ズボンとシャツという格好で、うつ伏せに倒れている。後頭部が砕け、赤黒い塊になっていた。顔を覗き込む。塙に、間違いなかった。目を動かすと、床に大黒天の像が転がっていた。台座に黒っぽい染みと髪の毛。これが凶器なのは明らかだ。

耕一は、死体を見下ろしたまましばらく動けずにいた。似た光景が、頭に甦ったからだ。一方矢崎は、目を剝いたもののすぐに死体の脇にしゃがんだ。さすがに慣れた様子で、一通り検分していく。

「派手に殴られたな。こりゃ、一発で致命傷だ。金儲けにうるさかった男が大黒様に頭を割られてあの世行きたァ、良くできた話だな」

矢崎が皮肉っぽく言った。

「死後どのくらいだい。一日ってとこか」

気を取り直した耕一が尋ねた。

「まァ、そんなもんだろう」

「椅子やテーブルはそのままだし、争った様子はないな。グラスも出ている。顔見知りか」

部屋を見回して言うと、矢崎は「たぶんな」と応じた。

「一緒に酒を飲み、無防備に後ろを見せるほどには親しかった相手だろう。おや、大黒様はそこにあったのか」

矢崎がウヰスキーなどの入ったサイドボードの上を指した。埃が付いていない部分があり、台座の跡とはっきりわかる。犯人は置かれていた大黒像を摑んで、塙の頭に振り下ろしたわけだ。

「突発的な犯行かねぇ」

「そう見えるな。奴さん、余程犯人の気に障ることでも言ったのかな」

矢崎はゆっくり立ち上がると、耕一に「勝手に家捜しするなよ」と釘を刺して、廊下に出た。電話をかけるらしい。間もなく、殺人事件が起きたと報告する矢崎の声が聞こえた。

塙の家は、三十分もしないうちに警官たちで満杯になった。辺りはもう薄暗くなり、全部の部屋の電灯が点けられた。表の通りには、勤め帰りの野次馬が集まり始めている。

「死後、二十時間から二十四時間ってところかねえ。死因は、鈍器を用いた殴打による脳挫傷で間違いなかろう」

死体を調べた警察医が言った。耕一と矢崎の見立て通りだ。

「運搬車が到着次第、死体を運び出していいですか」

矢崎が聞くと、警察医は「構わん。後は解剖だ」と答えた。後ろでは、鑑識班が仕事にかかろうとしている。

「犯人の指紋が見つかるかどうかは、五分五分だな」

矢崎が耕一に囁いた。近頃では、少し頭の回る奴なら突発的犯行の後であっても、指紋を拭き取るくらいのことは思い付く。

「家捜しに、立ち会いたいんだが」

耕一は矢崎に囁き返した。

「満鉄の書類がないかどうか、確かめたいのか。立ち会うのはいいが、邪魔はするなよ」

耕一は、わかっていると矢崎の肩を叩き、廊下をはさんだ向かいの書斎に入った。そこでは、矢崎配下の刑事が仕事を始めていた。

刑事は机の抽斗を一つずつ開け、中身を検めていった。もう一人の刑事は、書棚の本を一冊ずつ調べている。丁寧だが、だいぶ時間がかかりそうだった。耕一は、抽斗を調べている刑事の肩越しに覗き込んだ。机の上に、抽斗に入っていた書類が一束ずつ並べられていく。

刑事が耕一の気配に気付き、振り返った。文句を言われるかと思ったが、刑事は身を寄せて耕一に書類を示した。矢崎から話を聞いているようだ。

「見てもらって結構です。満鉄の書類、この中にありますか」

「済みません。拝見します」

耕一は手袋をした手で、一枚一枚、書類を繰っていった。請求書や領収書、講演会の資料、舟運会社の概要書、運送会社の事業目論見書などがあったが、満鉄に関わるようなものは、何もなかった。その旨を告げると、刑事は残念そうな顔を見せた。

「そうですか。出ませんか。となると、ちょっと気になりますね」

言い方が引っ掛かった。

「気になる、とは？」

「ざっと見たところ、微妙ですが、誰かが抽斗をかき回したような痕跡があるんです」

耕一は眉をひそめた。

「犯人が家捜しして、書類を持ち去ったかもしれない、ということですか」

「いえ、はっきり断定はできません。そのような痕跡が見られる、というだけで」

言い方は控えめだが、刑事がそうに違いないと考えているのは明白だった。耕一は考え込んだ。満鉄から消えた書類に、殺人を犯すほどの価値があったとは到底思えない。犯人は何か誤解していたのか。それとも、これは満鉄の書類とは全く関係ない、他の何かの重要情報を巡る事件なのか。

「金目のものを、盗(と)られた様子はありますか」

念のため聞いてみたが、刑事はかぶりを振った。

「抽斗と鞄に少しばかり現金がありましたが、手つかずです。金庫のようなものはないですね。さして金目のものがあったとは思えません」

そう言えば、家具調度もそれほど高級なものではない。塙は、金満家(きんまんか)には遠かったようだ。

「おうい、詫間君、ちょっと」

廊下から、矢崎の呼ぶ声が聞こえた。耕一は刑事に礼を言って、呼ばれた方へ向かった。

「どうしたんだ」

「うん、この巡査が役に立ちそうな話を聞き込んでね」

矢崎は、玄関口で直立している二十代半ばくらいの制服巡査を指した。こんな大きな事件現場は初めてなのか、緊張が伝わってくる。

「表に集まった近所の人たちに、昨夜何か聞いたり目撃したりしていないか、尋ねていたんだが」

矢崎は言葉を切って、巡査に「さっきの話をもう一度」と命じた。巡査は、耕一が署長でもあるかのように背筋を伸ばした。

「はっ、この三軒先の家の主人ですが、昨夜は宴会があって午後十一時頃帰宅する際、すぐ先の表通りで、若い女が電車通りの方へ急ぎ足で行くのを見たそうです」

「若い女ですって？　顔は見えたんですか」

「いいえ、道の反対側でしたし、暗かったので顔はわからないと。ですが、旗袍を着ていたそうで」

「旗袍の色とか柄はわかりますか」

「白っぽかったということですが、柄までは。あ、ハンドバッグらしきものも持っていたそうです」

「後で証言を書面にするから、必要なら見せるよ」

矢崎が脇から言い添え、ご苦労と手を振って巡査を下がらせた。

「どう思う？」

矢崎が聞いた。

「若い女、ねえ。怪しいな」

女の細腕で、大黒像を振り上げて塙の頭に叩きつけることができるだろうか。両手を使えば、できなくはないように思えた。塙は身長五尺（約百五十二センチメートル）ほどの小柄な男だ。後頭部に鈍器を振り下ろすのに、大男である必要はあるまい。

「他に目撃者がいるかもしれん。電車通りまでの道筋を、当たらせよう」

耕一が頷くと、矢崎はさっと周りに目をやり、刑事たちが皆、自分の仕事に取り組んでこちらを見ていないのを確かめてから、声を低めて言った。

「死体を見つけたとき、動揺してたぞ。あれを思い出したのか。三年半前の」

その言葉に、耕一は胸の痛みを覚えた。

「ああ……ちょっとな」

矢崎が小さく溜息をつく。

「状況が似てたからな。殺しと自殺、という大きな違いはあるが」

耕一は、返事をしなかった。目の前に、あの部屋の光景が広がった。三年半前の、思い出したくはなかった光景が。


それは、耕一が満鉄で働き始めて間もない頃だった。満鉄が絡む投資詐欺(さぎ)の噂が囁かれ始めたのだ。着任して日の浅い林博太郎(はやしひろたろう)総裁は、由々しきこととばかりに耕一に内偵を命じた。この職に就(つ)いて初めての大事件ということで、耕一もかなり張り切って調査を開始した。

投資が募られていたのは、大連における新しい発電事業と大連・旅順(りょじゅん)間の電気鉄道事業だった。発電事業とその電気を使った電鉄事業をセットで行うのは内地でもよくあったので、興味を示す人は多かった。だがおかしなことに公募はされず、内々で口伝の紹介という形で投資の誘いが為されていたのだ。怪しいと思われるはずが、事業立ち上げ後に満鉄が子会社化する予定という説明があり、発起人に満鉄理事の名前があった。投資しても満鉄による買い上げの利益が保証される、と持ちかけたわけである。なかなか巧妙だ、と耕一も思った。

無論、こんな話は実体として存在しなかった。詐欺の前科を持つ日本人と満人が組んだもので、被害額こそ数万円で済んだが、満鉄の名前が使われたことが大きな問題だった。耕一は、名前の挙がった満鉄理事と詐欺団の仲介者を探った。

数日後、仲介したと思われる要の人物が浮かび上がったが、証拠となる書面を見て耕一は愕然とした。なんと、恩人である西島の名前があったのだ。

耕一はしばらく煩悶した。だが、見過ごすわけにはいかない。耕一は書類を突きつけ、西島を詰問した。

「いったいどうして、こんなことを」

西島は書類を確かめ、深々と溜息をついた。

「よく調べたなあ。やはり君は、俺が見込んだ通り優秀だ」

「認めるんですね。なぜ詐欺などを」

「最初は、詐欺とは思わなかった。しかし、気付いていても抜けられなかった。あちこちに迷惑がかかるんでね」

「説明になっていません。誰に迷惑がかかるんです」

西島は、数人の名を挙げた。満鉄理事の名も、入っていた。

「世話になった人ばかりだ。知っていて加担した人も、知らずに巻き込まれた人もいる」

「自分から告発しようとは考えなかったんですか」

西島は、哀し気な顔をした。

「そうできれば良かったんだが、遅過ぎた」

なおも責めようとした耕一を制し、西島は証拠書類一式のありかを教えた。

「書斎の抽斗だ。君の手で、幕引きしてくれ」

西島は抽斗の鍵を手渡し、うっすら笑みを浮かべて耕一に言った。書斎から書類を回収した耕一は、再度自首を促し、わかったとの返事に安堵して引き上げた。

その晩、西島は拳銃で自分の頭を撃ち抜いた。警察からの連絡で駆け付けた耕一が目にしたのは、居間で俯（うつぶ）せに倒れた西島の変わり果てた姿だった。床とキャビネットには血が飛び散り、テーブルには西島が最後の一杯を味わったウヰスキーの、瓶とグラスが置かれていた。ちょうどこの、塙の居間と同じように。

「あんたとは、あのときからの付き合いだからな」

　矢崎が言った。西島の自殺現場を調べたのは、警部補になったばかりの矢崎だった。耕一は衝撃を隠し、自分が調べた詐欺事件の内容を矢崎に伝えた。本来なら職務上、総裁に報告して判断を仰いでからにすべきだったが、満鉄の都合で西島の死を不名誉な形にされたくなかったのだ。

　矢崎は耕一に礼を言い、上に報告した。が、この詐欺が公になることはなかった。関東都督府や旅順市の幹部が嚙んでいたと判明したからだ。これをネタに関東軍に嘴を突っ込まれるのを避けたかったのかもしれない。名前の挙がった幹部たちは、ひっそりと更迭され、内地に帰ってから解職された。うち一人は、事情聴取される直前に投身自殺した。

　問題の満鉄理事についても、林総裁は明確な処置を取らなかった。当人が名前を使われただけと主張し、温厚篤実で毒にも薬にもならない林は、波風を立てることを避けたのだ。その理事は辞職し、それ以上の追及は止められた。耕一は口惜しくて壁を蹴飛ばしたが、一方で西島一人が汚名を着せられることもなかった。それが唯一、救いであった。

　さっきの刑事が書斎から出てきて、矢崎に「班長」と声をかけた。

「何だ」

「ちょっとこちらを」

　刑事が差し出したのは、マッチの箱だった。

「マッチは幾つかあったんですが、これだけちょっと異質でして」

「異質とは？」

「はい。他のは喫茶店か煙草（タバコ）屋のものですが、これは」

　そのマッチ箱は、紫色と桃色に塗り分けられ、店名らしいのが金文字で書かれてあった。矢崎が電灯の下でそれを読んだ。

「倶楽部紗楼夢？　ああ、横文字もあるな。クラブ・シャロームか。ナイトクラブか何かだろう」

　そこで矢崎は、はっと顔を上げて耕一を見た。

「ナイトクラブ。旗袍の女。符合（ふごう）するかもな」

　耕一は、頷きを返した。

「行ってみる値打ちは、ありそうだ」

四

　大連で最も賑やかな繁華街と言えば、大連銀座とも称される浪速町である。大型商店が軒を連ね、大山通りの方へ曲がれば三越百貨店もあり、夜遅くまで人通りが絶えない。

倶楽部沙楼夢は、浪速通りと大山通りの交差点近くを北に入ったところにあった。正面は洋風の煉瓦造りで、漢字と横文字を併記したネオンサインが煌々と輝いている。夜九時、耕一はその玄関に立った。漢人らしいドアマンが、仰々しく一礼してドアを開ける。いかにも高そうな店だ。耕一は気後れしないよう胸を張って、毛足の長い絨毯を敷き詰めたホールに足を踏み入れた。

矢崎は、同行しなかった。刑事課長への報告があるし、いかにもそれとわかる刑事が乗り込んで相手を警戒させるのは得策でないから、まず偵察を頼む、などと言っていたが、この店の代金が経費で落ちないことを心配したのが本音だろう。耕一だけなら満鉄の機密経費が使える。

「いらっしゃいませ」

ボーイ長らしい蝶ネクタイの男が近付いてきた。耕一に値踏みするような視線を注ぐ。一張羅の背広を着てきたのだが、この店に一人で来るには若過ぎる、とでも思ったのか。だが、襟元の満鉄の徽章に気付くなり、態度が改まった。

「お一人様ですね。こちらへどうぞ」

ボーイ長は、中ほどの席へ耕一を案内した。店内はシャンデリアが下がり、西欧風の調度が並べられている。壁はルネサンス絵画風のタイル細工で飾られていた。それでいて、柱には中国風のランタンが吊られていたりする。女給(ホステス)たちも、和服あり、旗袍あり、ドレスありと多彩だ。そう言えば店名も、沙楼夢でシャロームと、日本式の漢字読みである。しかもシャロームとは、ヘブライ語で「平安」を意味するユダヤ人の挨拶だ。和洋中、なんでもありか、と耕一は一人で苦笑した。

「こんばんは」

青い旗袍を着た女給が、耕一の席に来て座った。いささか化粧が濃いが、なかなかの美人だ。見たところ、この店の女性の水準は、大連の平均値よりだいぶ上のようだ。

水割りを注文し、挨拶代わりの会話をする。その女給の源氏名は、紅蘭(ホンラン)といった。満人だそうだ。

「満鉄の方ネ。こちらは、初めてですカ」

「そうなんだ。塙さんって、知ってるかな。その人から、いい店だから是非(ぜひ)一度行きたまえ、と言われてねぇ」

耕一は塙の名を出して、紅蘭の反応を見た。塙が殺されたことは、まだラジオでも流れていない。

「ああ、ハナワさンネ。知ってまス。お友達ですカ？」

「いやいや、友達っていうんじゃなくて、まあ仕事の付き合いだね。正直、友達付き合いしたい感じの人ではないからなあ」

耕一は、塙を揶揄(やゆ)するような言い方で片目をつぶってみせた。塙は、力ある者には卑屈、弱い者には尊大という男だ、と矢崎から聞いている。であれば、この店での評判もあまり良くはないだろう。

「ああ、そうネ。ここだけの話。あの人、いつも偉そうにすル」

案(あん)の定(じょう)だ。耕一は紅蘭に笑いかけた。

「塙氏は、しょっちゅう来てるのかい」

寓居(ぐうきょ)を見た感じでは、頻繁にここに来れるほど、金回りが良かったとも思えないが。

「うーん、月に一回か二回。お金持ちそうなお客さんと一緒が多かったネ」

どうやら、たかる相手を見つけては一緒に来ていたらしい。さもしい奴みたいだな、と耕一は思った。

「ああ、そうだ」

紅蘭は、近くを通りがかった桃色の旗袍の女給を目で指した。

「あれ、春燕(シュンエン)さン。塙さン来るとき、いつも付いてテル」

「へえ、お馴染(なじ)みなのか」

「春燕サン、塙サンの扱い、上手いネ」

塙をおだてて上手にあしらっている、ということか。これは話を聞いてみなければ。

塙のことばかり聞いて不審に思われないよう、三十分ばかり紅蘭と害のない話をしてから、耕一はボーイを呼んでチップを渡し、春燕を指名した。紅蘭は、「楽しかったですヨ」と手を振り、次の客のところへ移った。旗袍のスリットから覗く脚が、魅力的だ。しっかり名刺も貰(もら)い、耕一はちょっとニヤついた。

「こんばんは。ご指名ありがとうございます」

声に振り向くと、春燕がにっこり微笑(ほほえ)み、耕一の隣に腰を下ろした。耕一は眉を上げた。紅蘭より一枚上の美形だ。旗袍に縁どられた体の線も、素晴らしい。思わず生唾(なまつば)を呑(の)み込みそうになった。

「初めてのお客様ね。塙さんのお知り合いと伺いましたけど」

おや、と思った。紅蘭と違い、訛(なま)りのない極めて流暢(りゅうちょう)な日本語だった。

「やあ、詫間です。君は、もしかして日本人？」

春燕は、笑って「いいえ」と答えた。

「漢人です。生まれは奉天(ほうてん)ですけど」

「ああ、そりゃ失敬。あんまり日本語が完璧なんで」

春燕は笑みを浮かべたまま、ありがとうと言った。子供の頃、日本人の家で働いていたことがあり、正しい発音などはそこで覚えたという。

「そうか。それで塙さんに気に入られたのかな」

水を向けると、微かに眉が動いた。

「最初に塙さんを連れてこられた社長さんにご贔屓(ひいき)にしていただいてたんですけど、その後、塙さんが来るたびにご指名いただきまして」

塙がご執心(しゅうしん)だった、ということか。無理もない。こんな女性なら、借金してでも通いたい。塙の客としての印象を聞くと、紅蘭のようにあけすけには言わず、いろんなことをよくご存じで、お話の面白い方ですわと如才なく躱された。見かけだけでなく、頭も良さそうな女性だ。

「塙氏の住まいは、知っているかい」

さりげなく尋ねてみた。事件があったと思われる頃、早苗町で目撃された女が春燕なら、どう答えるかと思ったのだ。

「はい。確か、早苗町ですわね」

眉一つ動かさず、答えが返った。

「行ったこと、ある?」

「いいえ、ありませんわ」

考える様子もなく、言った。ごく自然な反応に見える。

「何て申しますの、和洋折衷？　そんな家だと自慢そうにおっしゃってましたけど。詫間さんは、行かれたことあります？」

「うん、一度だけね。正直、自慢するほど趣味のいい家とは思わなかったが」

まあ、そうなんですかと春燕が可笑しそうに言う。

「塙さんとは、お仕事でご一緒に？」

春燕の方から聞いてきた。まあ少しばかりね、と返す。

「満鉄に出入りしているので、調査などをお願いしたこともある」

一歩踏み込んでみた。満鉄が塙にそんな仕事を頼んだかどうかは知らないが、そう外れてはいないだろう。

「あら、どんな調査を？」

何て答えようかと、一瞬、眉根を寄せたのを気付かれたらしい。「それは秘密かしら」と春燕の方から言われた。

「まあ、ね。いろいろとあるから」

「塙さんも、自分はいろいろと軍や満鉄の秘密の仕事に関わっているんだ、なんておっしゃってたわ」

事実だろうか。いや、満鉄や関東軍が、機密事項に関わる仕事を塙程度の人物に委ねるとも思えない。話を膨らませて、自分を大物に見せようと見栄を張っていただけではないか。

「塙さん、本当にそんな難しいお仕事をなさっていましたの？」

また言葉に詰まりかける。

「どうだろうねえ。軍はどうか知らないが、満鉄ではそれほど難しい仕事は頼んでいないはずだけど」

曖昧に言うと、春燕は「そうなんですか」と小首を傾げた。

「そう言えば、塙さん、しばらく来られてないわ。満鉄のお仕事でお忙しいのかしら」

春燕は、窺うように耕一の目を見た。耕一は、つい目を逸らした。

「いや、うちの仕事じゃないと思うよ」

「満鉄では、塙さんへのお仕事はいつも詫間さんがお頼みになるの？」

「そうでもない。他の部署からも頼んでいるよ」

「どんな方たちかしら」

「それを聞いてどうするの」

春燕は、困ったような顔をした。

「だって、塙さんのご縁で、詫間さんみたいに満鉄の方がたくさん来ていただけるなら、嬉しいですもの」

「そうか。なら、社内の心当たりに声をかけて、連れてくるようにしよう。ここはいい店だからね」

「ほんと？　ありがとうございます」

春燕は明るい笑顔になり、それがまた愛らしかったので、耕一はどきりとした。

「塙さんって、お仕事のときはどんな感じなのかしら。ここでは、お仕事のことはあまり詳しくおっしゃらないから」

それは、耕一の方が聞きたかった。情報の売り買いが仕事なら、その中身をクラブで口にするほど、塙も間抜けではないだろう。

「さあ。ああいう人だから、堂々と持論を述べ立てて、相手の話を引き出しているんじゃないかな」

「堂々と、ね」

春燕の口調に、揶揄するような響きが混じっていた。塙に対する本音が垣間見えたな、と耕一は思った。

「あらいけない。何だか、塙さんのお話ばっかりね」

春燕が苦笑を浮かべ、ボーイに新しい水割りを持ってくるよう頼んだ。

「今度は、詫間さんのことも教えて下さいな」

塙のことを調べに来たわけだから、塙の話を続ける方が有難いが、そうもいくまい。耕一は、当たり障りのない範囲で満鉄での仕事を話した。無論、内部調査員だなどとは欠片（かけら）も匂わせない。

気が付くと、生（お）い立ちまで話していた。さすがに西島とのことまで触れはしなかったが、両親を亡くして家業も畳んだと言うと、心から残念に思ったような表情を見せた。春燕はこの商売では優秀なようで、大した聞き上手だ。つまらないだろうと思う話にも目を輝かせ、的確に相槌（あいづち）を打っている。こんな美人にそういう扱いを受けて気分が悪いはずはなく、ついつい三時間も過ごし、春燕の妙（たえ）なる笑顔に送られて店を出たときは、とうに日付が変わっていた。

翌朝、二日酔いを堪（こら）えながら出勤前に矢崎に電話した。

「何、そんな長い時間ずっと、美人に相手をしてもらってたのか。羨（うらや）ましい限りだな」

矢崎が口惜しそうに言った。

「きっと請求書を見たら、君んとこの経理係が心臓発作を起こすぜ」

「そこまで浪費したわけじゃない」

「収穫はあったんだろうな」

「少なくとも、塙が常連だったことはわかった。馴染みの女給も」

耕一は、昨夜沙楼夢で交わした塙についての会話を、逐一伝えた。

「ほう。では、その春燕という女給が、早苗町を歩いていた女と同一人、ということになりそうか」

「正直、可能性は充分あると思う。だが、決め手はない。早苗町の家の話を振ってみたが、動じた気配は全くなかった」

「ふむ、そうか」

矢崎は少し落胆したようだ。

「どうする。引っ張るのか」

「いや、単に馴染みの女給、ってだけじゃな。しかし、事情聴取する根拠は充分だ。今日中に出向くことにする。他に、気になったことはないか」

「いや、別にない」

耕一はテーブルに載った朝刊を引き寄せ、指で弾いた。「早苗町で日本人殺害」の見出しが躍っている。

「新聞に大きく出てるな」

「ああ」

矢崎が溜息交じりの声を出した。

「怪しげな男が、怪しげな殺され方をしたんだ。新聞屋（ブンヤ）が喜びそうなネタだ。上からも外からも、せっつかれそうだな」

「ご同情申し上げる」

矢崎は、ふん、と鼻を鳴らし、また何か気付いたら教えろ、と言って電話を切った。

耕一は、改めて新聞を取り上げた。目撃された女については、警察が伏せたらしく、何も出ていない。

矢崎には言わなかったが、耕一には気になることがあった。昨夜の会話で、耕一は春燕に塙の話を振ったつもりでいたのに、今朝（けさ）になって考えてみると、どうも終始、会話の主導権は春燕が握っていたようだ。寧（むし）ろ、春燕の方が耕一と塙の関わりについて、熱心に聞き出そうとしていたかの如（ごと）く思えた。何故（なぜ）だろうか。やはり早苗町で目撃されたのは春燕で、この殺人事件に関わっているのだろうか。

「綺麗な薔薇（ばら）には棘（とげ）がある、か」

耕一は自嘲（じちょう）するように一人で呟いた。

出勤した耕一は、まず松岡へ報告に行った。塙が殺害されていた件については、倶楽部沙楼夢に行く前に電話で一報を入れてある。松岡は塙の名は知らないと言ったが、書類紛失に関わりがありそうな人物が殺害されたことには、少なからず懸念を抱いたようであった。

　秘書が開けた総裁室の扉を入り、松岡に一礼しようとして、耕一はその場に立ち止まった。先日、松岡から指示を受けたソファに、別の人物が座っていた。こちらからは後頭部が見えるだけだが、ポマードを光らせた髪の様子は、満鉄社員には似つかわしくないように思える。何者だ、と耕一は訝しんだ。

「おはようございます」

　松岡に挨拶すると、ソファの男がこちらを向き、ニヤッと笑った。意外なことに、耕一よりも三つ四つは若そうな男だった。

「うむ、ご苦労。そっちへ」

　松岡はソファを指し、謎の若い男の隣に座るよう言った。耕一が腰を下ろすと、若い男は勿体ぶった仕草で頭を下げた。

「こっちは、辻村志郎君だ」

　松岡が紹介すると、辻村は耕一に歯を見せて言った。

「詫間さんですね。お噂は伺っています」

「ああ、それはどうも」

　他に言いようもなかったので、耕一は軽く会釈した。辻村は、笑みを浮かべたまま会釈を返した。日本人としては、彫りの深い顔立ちだ。着ているのは白っぽい麻の背広と、派手な橙色（だいだいいろ）のシャツ。ネクタイはしていない。やはり満鉄社員には見えなかった。新米の大陸浪人か、遊び人といった雰囲気だ。

「彼には、詫間君を手伝ってもらう」

松岡が、意外なことを告げた。耕一は驚いて、松岡と辻村を交互に見た。

「どういう立場で、ですか」

それには辻村が答えた。

「詫間さんの助手、と思って下さい。何でもやりますよ」

いや、何者なのかと聞きたいのだが。そう言いそうになったとき、松岡が言った。

「満鉄の社員ではない。僕が個人で雇っている」

ああ、なるほどと耕一は思った。松岡は、個人で密偵を使っていると噂に聞く。辻村はそんな一人、ということらしい。まあ、密偵を使うお偉方は、松岡が初めてではない。

「何故（なにゆえ）かと聞きたいだろうが、用心のためだ。殺しまであったとなると、君一人を徒手空拳（としゅくうけん）で放り出しておくわけにもいかん」

昨日の塙の件を聞いて、松岡が急遽（きゅうきょ）手配したのだろう。

「では、用心棒ということですか」

冗談めかして耕一が言うと、辻村が頷いた。

「お望みとあらば」

笑って言ったが、目は笑っていない。寧ろ、鋭く見返された気がした。この男、年に似合わず修羅場をくぐった経験があるのかもしれない。

「わかりました。ですが……」

自分は助手など不要で、一人で動きたい、と言いかけた。松岡の密偵に張り付かれては、監視されている気分で過ごさなくてはならないからだ。実際、松岡はそのつもりなのかもしれない。だが松岡は、それ以上言わせなかった。

「今日から一緒に動いてくれ。いいね」

辻村は松岡に「了解です」と答え、耕一に「よろしくお願いしますよ」と愛想笑いするように言った。耕一としては、わかりましたと応じるしかなかった。

「では早速、塙のことを聞こうか」

松岡が言い、ソファに背中を預けて足を組んだ。耕一は、矢崎と会ったところから昨日の一部始終を話した。倶楽部沙楼夢については、遊んできたと思われないよう、できるだけ事務的に話をした。松岡も辻村も、口を挟むことなくじっと聞いていた。

「では、塙のところから、うちの書類を盗んでいるような証拠は出なかったんだな」

　聞き終えた松岡が言った。

「はい。しかし、家捜しされたらしいことも気になります。奴の身辺は、調べておいた方がよろしいかと」

「ふむ。書類が奴を経由して流出している恐れがあるなら、確かめておかねばならんな。そのことに殺しが関わっているのかどうかも、探る必要がある」

「おっしゃる通りです」

「その春燕という女給は、怪しいのかね」

「まだわかりません。一癖ありそうなのは確かですが」

「それに、頗る美人でもある」

　辻村が、ニヤリとしながら言った。耕一は、総裁の前で不謹慎な奴だと顔を顰めかけ、ぎくりとした。

「辻村君、さっき僕は、春燕の容姿については話さなかったと思うが。君は春燕を知ってるのか」

　辻村は、面白そうに笑った。

「そう難しい顔をしなくても。顔ぐらいは知っていますよ。仕事柄、主だったクラブや料理屋には顔を繋いでますから」

そんなところへ出入りする金は、松岡の懐から出ているのだろうか。そう思ったのを見透かしたか、辻村が付け足した。

「もちろん、客として行ったとは限りません。厨房に潜り込んだり、ボーイになったり、いろいろですよ。その方が、面白い話を聞ける」

言う通りなら、ずいぶん器用な男らしい。なかなか油断ならないぞ、と耕一は思った。

「顔以外、知ってることは」

「大してないですね。一癖ありそう、という詫間さんの見方には賛成です」

辻村は、屈託なさそうな顔で答えた。本当かな、と耕一は疑いの目を向ける。

「ではその、春燕とやらのことも任せる。思った通り進めてくれていい」

松岡は、それで話を打ち切った。耕一と辻村は、揃って総裁室を出た。

「さて、どこから始めましょうか」

廊下に出るなり、辻村が聞いた。気の早い男だ。耕一は少し考えた。松岡総裁の手前、こいつと一緒に動かざるを得ないが、どれほど信用できるかわからない相手に、四六時中付かれるのは避けたい。

「まず、社内の方を当たる」

塙が満鉄の書類を持ち出したなら、関わった社員がいるはずだ。疑わしい者がいないか、調べておかねばなるまい。

「わかりました。それじゃあ……」

早速動こうとする辻村に、耕一は釘を刺した。

「待ちたまえ。社員でもない君がそういう格好で聞き込みを始めたら、怪しがられて追い出される。そっちは僕に任せてくれ」

言われた辻村は自分の服装を改めて見て、「確かに」と笑った。

「じゃあ、そちらはよろしく。後ほど、また」

辻村は敬礼するように頭に手をやり、廊下を歩み去った。耕一はその後ろ姿を見ながら、やれやれと苦笑した。これから奴とどう接してどう使うか、頭を悩ますことになりそうだ。

耕一は手始めに、以前社内で塙と一緒にいるのを見たことがある社員を呼び出した。経済調査会に所属する中堅で、野間（のま）という男だ。耕一はまず、今朝の新聞を見たかと聞いた。

「今朝の？　何か変わったことでも載ってたか」

「ここにも出入りしてた、塙って人が殺されたそうなんですよ。野間さん、知り合いじゃないんですか」

「ああ、そのことか」

野間は、大したことではないといった調子で、軽く頷いた。

「確かに載ってたな。けど、知り合いってほどじゃない。一度、うちに来たとき相手をしただけさ」

「何の用事で来てたんです」

「うん、匪賊（ひぞく）がまた炭鉱を狙っているという情報を掴んだ、というような話だった。まあ、四年前の撫順の事件があったから、話だけでも聞こうかと思ったんだ」

四年前の事件とは、撫順炭鉱が抗日匪賊に襲撃され、社員と家族に犠牲者が出た事件だ。関東軍が直ちに報復し、抗日匪賊に通じていたという集落を攻撃して、多数を死傷させている。関係者が匪賊情報に敏感になるのは、理解できた。

「でも、何で野間さんのところへ。管轄違いでしょう」

「そう思ったんだが、塙さんは情報と引き換えに、こっちの持ってる資料を欲しがったんだ。探鉱調査に関わるものだった」

なるほど。塙はそんな風にして、情報の取引を行っていたのか。

「で、その情報交換は成立したんですか」

野間は笑って、とんでもないと手を振った。

「話が胡散臭すぎてねえ。その場で断ったよ。向こうは憤然としてたがね。大物ぶった嫌味な奴だったからなあ。殺されたってのは、取引がこじれて相手を怒らせたからじゃないのか」

野間は言葉を切ってから、耕一をじろじろと見た。

「何で資料課の君が、そんなことを聞くんだ」

「え？　ええ、うちも塙氏に資料を求められたことがありましてねえ。うちも出さなかったんですが、他の部署ではどうしていたのかと思って」

言い訳するかの如く聞こえたかもしれない。野間は、疑うような目をした。

「君、時々総裁室に出入りしてるだろ。何かやってるのか」

おっと、これは気を付けなくては。

「よく資料を頼まれます。松岡総裁は副総裁を退任された後、六年間満鉄を離れておられましたからね。その間のことを、勉強なさりたいんでしょう」

「ふうん、そうか」

野間の反応は、まだ何となく疑わしげだ。

「松岡さんは、陰でいろいろ動くからな。この前も経済調査会の一人に内緒で何かさせてるようだったし、鉄道の輸送局の誰かも引っ張り出してた。噂じゃ、自身で密偵まで使ってるらしい。君もそのクチじゃないだろうな」

後半は冗談だったのだろうが、耕一は冷や汗をかいた。

「まさか。僕なんか使うほど、満鉄は人材不足じゃないでしょう」

「そうかい。ま、ほどほどにやっときな」

野間はそれだけ言うと、書類が溜まっているからと行ってしまった。勘のいい男だ。辻村の存在にも、気付いているらしい。ああいう風に感じている社員が他にもいるなら、充分注意しなければ。それでも、塙のことをそれほど気にするのは何故かと、野間に追及されなかったのは幸いだった。

次に耕一は、玄関の受付に行った。松岡総裁と淵上が言っていた、書類が消えた時期に塙が来社していないか、確認するためだ。塙は満鉄本社に出入り自由（フリーパス）というわけではないから、来ていれば受付簿に名前があるはずだった。

ところが、受付を覗いて目を見張った。詰所の中に辻村がいて、受付係の後ろの机で受付簿をめくっていたのだ。耕一は受付係に目で挨拶して、その肩越しに呼びかけた。

「そんなとこで、何をしてるんだ」

辻村が顔を上げ、ニヤッと笑った。

「まあ、入って下さいよ」

耕一は仕方なく、受付係に断って詰所に入った。狭苦しい詰所は、三人も入れば満員電車も同然だ。受付係は迷惑そうな顔をし、耕一は体をこじ入れるようにして辻村の脇に寄った。机の上には、三カ月分の受付簿が載っている。辻村は、開いた受付簿を叩いて言った。

「塙が来た記録がないかと思ったんですがね。見つかりません」

どうやら辻村は、耕一と同じことを考えてここに来ていたようだ。確かに目端(めはし)は利(き)く奴らしい。

「なら、もうちょっと遡(さかのぼ)ってみるか」

辻村にだけ好きにさせておくのもどうかと思い、耕一は受付係にさらに一カ月前の受付簿を出してもらった。自分でそれを開いて、頁(ページ)を目で追う。すると、中ほどに塙の名があるのが目に留まった。

「あったぞ」

耕一は辻村にその頁を示した。辻村は日付を確認して言った。

「なるほど。奴はこの三月半の間、ここを訪れていないということですね。夜陰(やいん)に乗じてこっそり忍び込んでりゃ別ですが」

「そんなやり方をする男とは思えんな」

耕一と辻村は受付簿を閉じ、受付係に礼を言った。

「すんません。おおきにありがとさんでした」

辻村の言葉に、受付係は「ああ」と笑みを返した。そのやり取りに、耕一はびっくりした。

「ちょっと」

耕一は受付から見えない奥へ入って、柱の陰に辻村を引っ張った。

「君、どうやって受付係に取り入ったんだ」

「いや、取り入ったと言うか」

辻村は苦笑しながら答えた。

「詫間さんに頼まれて来館者の確認をしてる、と言いました。最初は疑わしげな目で見られましたがね」

辻村は自分の服装を示して言った。

「僕の名前を使ったのか」

「間違いじゃありませんよね。現に詫間さんも、受付簿を調べに来たんでしょう」

そう言われると、切り返し難(にく)い。辻村はニヤニヤして続ける。

「喋り言葉から、受付係が大阪の出身とわかりましてね。僕も大阪だと言ってやったら、打ち解けましたよ」

「それで関西弁を……君は大阪の出なのか」

「出身やないですが、しばらくあっちに住んだことがあるんで、だいたいのことはわかりまっせ」

辻村はまた関西弁に切り換えた。

「ああ、わかったよ。じゃあ、今日のところはこれで」

妙に苛ついてきた耕一は、ややぶっきら棒に言うと、辻村をその場に残して自分の部署へ向かった。どうも得体の知れない奴だ。あっさり受付係を丸め込むとは。あの調子に乗せられないよう、注意しておかねばなるまい。

耕一は自席に戻ると、塙について思案を巡らせた。三月半も本社に来ていないのなら、消えた書類に関わってはいなかったのだろうか。しかし、野間が言ったように情報取引がこじれて殺されたとしたら、そこに満鉄の情報が絡んでいないか、はっきり確かめておかなくてはなるまい。明日にでもまた、矢崎に電話して状況を聞いてみよう。

意外なことにその夜遅く、矢崎の方から家に電話がかかってきた。

「どうした。何か進展があったのか」

「進展したとは言えんな。君の言ってた満鉄の書類だが、塙の周辺からは見つかっていない」

矢崎の口調は、いつになく重かった。

「紗楼夢には、聞き込みに行ったのか」

「ああ、行った。支配人とボーイ長、君の会った春燕という女給と、他二、三人に話を聞いた。昨日君から聞いた話と、大差ない」

「春燕の印象は、どうだった」

　ここで受話器の向こうから、くぐもった笑いが漏れた。

「確かに美人だな。君が骨抜きにされるのも無理はない」

「骨抜きにされた覚えはないぞ。話を聞いてどう思ったんだ」

「うむ……どうも摑みどころがない女だな」

「怪しい、ってことか」

「そうとも言い難い。受け答えは明快で澱みがなく、何か隠しているという感じではない。だがそれでいて、腹の中は見せていないという印象を受ける」

　耕一は受話器を持ったまま一人で頷いた。漠然と感じていたことを、刑事の目で裏付けてもらったわけだ。

　どうやら、もっと接触してみる値打ちがありそうだ。

「あの女を、探る気か。下心があるんなら、せいぜい気を付けろよ」

　見透かしたように矢崎が言うのに、「馬鹿言え」と返す。

「そっちこそ、そんな印象を受けたならもっと調べるんだろ」

矢崎がまた軽口を返すかと思ったが、違った。

「いや。そうもいかなくなった」

口調がまた、重くなった。耕一は訝しんだ。

「どうした。あんたらしくもない」

少し、間が空いた。返事を躊躇ったようだ。

「邪魔が入った」

矢崎には珍しい、苦い声だった。

「邪魔とは」

「憲兵隊が来て、手を引けと言いやがった」

「憲兵隊が横槍を入れた？」

耕一は驚きの声を上げた。

「どういうことだ」

「どうもこうも、今日の午後遅く署の方に、大連の憲兵隊長が直々にやってきてな。塙の件については、しばらく控えてくれと署長に申し入れたんだ」

「控えろって、殺人事件なんだぞ。被害者はもちろん、容疑者にも目撃者にも、軍関係の者はいないじゃないか」

「その通りだ。で、署長も刑事課長も憤然としたんだが、相手は譲らない。言葉を荒らげこそしなかったが、有無を言わせない態度だった」

「理由は何と？」

「保安上の理由、それだけだ」

つまり、詳しくは言えない、言うつもりはないということだ。

「で、承知したのか」

「したくないが、するしかなかろう。保安上の、と言われたら、警察では口出しできん。どんな重要事か知らんが、塙は虎の尾を踏んだのかもしれんな」

矢崎は、口にするのも腹立たしいという様子だ。が、何度か悪態をついた後で、硬い声になって言った。

「もし調べを続ける気なら、充分注意しろ。奴ら、そっちにも手を回すぞ」

「わかった。ご忠告ありがとう」

耕一は電話を切って、当惑した。憲兵隊からの圧力か。塙の仕事を考えれば、或いはと思わなくもなかったが、動きが早過ぎる。塙は以前から、憲兵隊に目を付けられていたのだろう。奴はいったい、どんな虎の尾を踏んだのか。

五

翌日は何事もなく過ぎたが、二日目の朝、嵐が起きた。家で出勤の支度(したく)をしているとき、突然玄関の呼び鈴が鳴らされた。こんな朝から誰だ、とぶつぶつ呟きながらドアを開け、耕一はぎくっとした。憲兵の腕章を付けた軍服姿の男が三人、そこに立っていた。

「詫間耕一さんですか」

曹長の階級章を付けた憲兵が、確かめた。耕一は「そうですが」と応じる。

「ちょっとお尋ねしたいことがあります。憲兵隊本部まで、ご同行願えますか」

口調は丁寧だが、断り難い迫力だ。大連警察署に来たという憲兵隊長たちも、こういう感じだったのだろう。

「わかりました」

身支度は既に済んでいる。耕一は三人の憲兵と共に、表に止められた車に乗り込んだ。ここは沙河口に近く、満鉄社員が多く住む界隈だ。近所の人に憲兵の姿を見られていたら、とやかく噂されそうだが、仕方ない。耕一が後部座席に座ると、車はすぐに発進した。上から何か命じられているのか、憲兵たちは本部に着くまで、一言も喋らなかった。

本部に入ると、持ち物を調べられてから、取調べのための部屋に通された。警察でもどこでもそうだが、こういう目的の部屋は、実に殺風景である。机と、向き合って置かれた椅子が二脚あるだけだ。耕一はそこでしばらく待った。

現れたのは、さっきの曹長ではなく、眼鏡をかけたもっと若い男だった。階級章は中尉だ。

「どうも。大連憲兵隊の柴田中尉です。満鉄資料課の、詫間耕一さんですね」

柴田は名乗ってから、じろりと耕一を睨んだ。誤魔化しや言い逃れは許さない、とでも言いたそうだ。耕一はおとなしく「はい」と答えたが、目は柴田の顔から逸らさなかった。

「三日前の夜、塙氏の殺人現場に行かれましたね」

「行きました」

どうせ全て知っているだろうから、この件について隠すつもりはない。

「満鉄のあなたが、どうして刑事と一緒にあの家に行ったんですか」

それを言うなら、どうして憲兵隊が塙の件に関心を持つのかと問いたいところだが、正面切って聞いても無駄だ。耕一は、書類紛失の顚末から矢崎に相談したことを、漏らさずに話した。ただし、松岡総裁直々の命を受けていることは除いて、だ。憲兵隊がそこまで把握しているとは、考えられない。

「塙氏がその書類紛失に関わっていると、あなたは考えているんですか」

耕一の説明を聞き終えると、柴田は鋭い視線を向けてきた。

「もし外部に流出したのであれば、第一に考えられるのは塙です。矢崎警部補の話を聞いて、そう思いました」

「殺害された今でも、そう思っていますか」

イエスと答えれば、満鉄の流出書類が塙殺しの動機と捉えられるだろう。耕一は、正直かつ慎重に言った。

「まあ、五分五分です。本社への出入りを確認したところ、書類が消えた時期に塙は本社へ来ていません。だからと言って、まったく関係ないとまでは言い切れません」

「なるほど」

柴田は一度机に目を落とし、改めて顔を上げると斬り込むように聞いた。

「資料課のあなたが、どうしてそこまで調べようとするんですか。資料課の仕事とは思えませんが」

予想外の質問ではない。耕一は、肩を竦めた。

「自分でも、余計なことをしていると思います。ですが、自分の部署の書類が消えてますからね。主任からは早く見つけるよう言われてるし、庶務課で聞くと他にも行方不明の書類があるとかで、気になりまして。庶務課に任せても、そう熱を入れて解決してくれるようにも見えなかったので、自分がやった方が早いかと。まあ、性分ですかね」

説得力のある答えではないかもしれないが、あまり整然とした答えだと逆に勘繰られる。柴田は、何を思ったかわからない表情で、耕一を見つめた。

「好奇心が強いんですか」

「物事を曖昧なまま放っておくのが、好きではないもので」

「会社勤めだと、そういう性格は何かと厄介なことになりませんか」

柴田の言い方には、棘が感じられた。耕一は、溜息をついてみせた。

「あちこち聞き回って嫌がられたことは、前にもあります。おっしゃるように、厄介な性分かもしれませんね」

「寧ろ探偵に向いていそうですな。或いは憲兵とか」

皮肉で言ったのだろうか。柴田の口元に、微かに笑みらしきものが浮かんだ。

「倶楽部紗楼夢にも行ったんですね」

「ええ。塙の行きつけだったようで」

「一人で行ったのですか」

「矢崎警部補と行こうと思ったんですが、矢崎さんはやめておくと」

「こう言っては何だが、あなたの給料で行ける店ではないと思いますが。書類が行方不明というだけで、そこまでしますか」

そうきたか。耕一は、照れたような困ったような表情を作った。

「一応、会社のための調査ですから、半分でも経費で落ちれば、と思いまして。こんな機会に、一度ああいう店も行ってみたかったものですから」

柴田は、こちらの目を覗き込むようにして言った。

「うん、あれぐらいの店なら、私も行ってみたい。しかし、経費が出なければ全額自腹覚悟でしょう。性分とは言え、ずいぶん熱心ですな」

「行った後から、心配になりましたがね」

苦笑してみたが、柴田は笑わなかった。

「春燕という女給と話したんですよね。成果はありましたか」

やはり憲兵隊は、先に沙楼夢を調べている。

「塙の店での態度とか、そういうものはわかりましたが、こちらの調査の役に立ちそうなことは、あまり。最大の成果と言えば、あんな美人とお近づきになれた、ということぐらいでしょうか」

軽口を付け加えたが、柴田の冷ややかな視線が返ってきただけだった。耕一も、表情を引き締めた。憲兵隊が何を狙っているのか、どうもはっきりしない。次は、どう出てくるだろう。

柴田が何か言いかけたとき、ドアがノックされ、「中尉殿、失礼いたします」という声が聞こえた。柴田が顔を顰め、「入れ」と応じた。邪魔をされたのが不快なようだ。

ドアを開けたのは、さっきの曹長だった。が、部屋に入ろうとはしない。耕一に聞かれたくない話なのだろう。柴田はそれに気付き、席を立って廊下に出ると、ドアを閉めた。

待たされたのは、三十秒もなかった。柴田は部屋に戻ると、席に座るなり言った。

「今日はこれで結構です。またお呼びするかもしれませんので、よろしく」

「帰っていいんですか」

意外だった。ここに入ってから、三十分余りしか経っていない。少なくとも半日、成り行き次第では数日留められると思っていたのだが。もしかしたら、辻村がどこかでこの状況を見て松岡総裁に注進し、総裁が手を回してくれたのだろうか。

「ええ、どうぞ。出口はわかりますね」

柴田は突き離すように言って、そのまま部屋を出ていった。あまり機嫌が良くないようだ。耕一は狐につままれたような心持ちで、建物の玄関に向かった。

耕一は足を速めて、玄関から門に向かった。このような場所に、長居は無用だ。腕時計を見ると、九時半過ぎだった。職場には、遅刻の理由を何と言おうか。

そんなことを考え、門から一歩踏み出したとき、耕一の眼前に一台の車が止まった。何だ、と思って足を止めると、運転手が飛び降り、後部ドアをさっと開けた。

「乗りたまえ」

車内から、はっきりした声が聞こえた。どういうことだ。耕一は、さすがに躊躇った。が、運転手の鋭い目付きを見て、これはただの運転手ではない、とすぐ悟った。どうやら、逃げるわけにいかないようだ。虎穴に入らずんば、という諺もある。耕一は言われるまま、後部座席に乗り込んだ。ドアを閉めると、車はすぐに発進した。

「朝から憲兵隊に呼ばれたのは意外だったろう、詫間君」

耕一を乗せた人物は、笑みを浮かべながら言った。年の頃は、矢崎と同じか一つ二つ上だろう。背広姿で髭はなく、顔立ちはハンサムと言っていい。だが、短く刈った髪と精悍な面構えからすると、軍人に違いあるまい。見覚えは、全くなかった。

「僕をご存知のようだが、あんたは誰ですか」

強い口調で問い質したが、その男は薄い笑みを崩さず、内ポケットから身分証を出して示し、自ら名乗った。

「諸澄敏久。帝国陸軍少佐。哈爾浜特務機関だ」

「特務機関？」

耕一は、目を丸くした。特務機関の人間が自分から名乗るのも珍しいが、そこに属する少佐のような高級将校が、なぜ自分に興味を持ったのだろう。

「面喰らっているね。まあ、当然だ」

「いったい、何の用なんです」

諸澄はすぐには答えず、ゆったりした手付きで煙草を出すと火を点け、耕一にも勧めた。耕一は断り、返答を待った。

「そう慌てなさんな。君、憲兵隊でのもてなしはどうだった。少し拍子抜けしたんじゃないか」

ずいぶん気軽な言い方だ。が、耕一もそれについては疑問に思っていた。憲兵としては、意外なほど丁重だったと言える。

「少なくとも、脅されたり殴られたり、というようなことはなかったですね」

「だろうな。スパイや共産主義運動の容疑で引っ張られたなら、とてもそんなことじゃ済まん。君は違うから」

「僕が憲兵隊に呼ばれた理由を知っていると？」

諸澄は、頷いて言った。

「満鉄社員の君が警察と一緒に塙のことを調べているのはなぜか、知りたかったのさ」

耕一も頷く。確かに柴田中尉の質問は、塙に関することに絞られていた。

「憲兵は塙を追っていたんですか」

「目を付けていたのは、間違いない」

「あなたも？」

耕一は、諸澄の顔を覗き込んだ。耕一が憲兵隊を出た途端にこうして迎えに来るということは、おそらく諸澄が憲兵隊に申し入れ、早々に耕一を釈放させたのだ。邪魔をされた柴田中尉が不機嫌になるのも当然だ。そんなことをする目的は何か。諸澄も憲兵隊と同じことを耕一に聞きたいからだろう、という推察はすぐにできる。

「そう。目を付けていた」

諸澄は、あっさり認めた。

「どういう理由で」

「君と似たようなものさ」

諸澄は、わかっているだろうという目で耕一を見た。耕一は、落ち着かなくなった。諸澄は、耕一の満鉄での本業を知っているらしい。

「情報関連……ですか。流れを追っていると」

諸澄は「まあね」とだけ言って、煙草の煙を吐き出した。

「そこで聞きたい。君が調べている、満鉄から塙に流れた情報というのは、どんなものかな」

やはりそこか。それに関してなら、隠すほどのことはない。耕一は、満鉄から消えた書類の内容について、漏れなく話した。

「それだけ、か」

諸澄は、眉間(みけん)に皺(しわ)を寄せた。予想とは違ったらしい。もっとあるんじゃないのか、と言いたげだ。

「僕の知る限り、これで全部です。それ以外にもある可能性は、否定しきれませんが」

そうは言ったものの、もっと重要なものが消えているなら、松岡総裁が知らないはずはないだろう。

「何か、目当てのものがあるんですか」

逆に聞いてみた。諸澄は、肩を竦めた。

「ま、そういうわけではないがね。君が言うんなら、それで全部なんだろう」

敢えて追及はしてこなかった。腹の内を探られたくはないようだ。

車は大広場をぐるりと回り、満鉄本社のある東公園町通りに入っていた。どこかへ拉致（らち）しようという意図はないようで、耕一は安堵した。諸澄は運転手に命じ、大広場小学校の塀に寄せて車を止めた。満鉄本社の、一街区手前だ。

「本社までお送りしたいところだが、横付けにしたら人目を引くだろう。悪いがここで降りてくれ」

耕一は、わかりましたと言って自分でドアを開け、車を降りた。では、と軽く頭を下げ、本社に向かおうとする耕一に、窓から諸澄が声をかけた。

「じゃあ、詫間君。また近いうちに」

諸澄は縁石を離れる車から、耕一に手を振った。このまま当分、縁が切れるということはなさそうだな、と耕一は溜息をついた。

数秒の間、走り去る諸澄の車を見送っていると、いきなり肩を叩かれて飛び上がりかけた。まさかまた憲兵か、と思って振り向くと、辻村が立っていた。いつもの薄笑いを浮かべている。

「朝からえらいことでしたねえ」

「何だ君か。脅かすな」

耕一は、ほっと息を吐いた。

「どの辺から知ってるんだ」

「憲兵隊に引っ張られたとこからです。車に乗せられてるのが見えましたんで」

「そんなところを、たまたま見たってのか」

「僕は黄金町に住んでますんで、朝、出かけようと表通りに出たところで、詫間さんと憲兵の乗った車に追い越されたんですよ。で、これはまずいことになったかなと思って、松岡さんに知らせてから、大連憲兵隊の前まで行って、様子を窺ってたんですが」

黄金町なら、確かに耕一の住まいからほど近い。だが、通り合わせたのは本当に偶然だろうか。辻村は、自分をずっと監視していたのではないか。そう思うと、心地良くはなかった。

「ずいぶん早く出てこられたんで、こりゃあ大した話じゃなかったのかと安心してたら、いきなりさっきの車に乗り込んだでしょう。ちょっとびっくりしましたよ」

「車を尾けたのか」

「残念ながら、タクシーが摑まらなくて。仕方ないんで本社へ戻ったら、小学校のところであの車が止まって、詫間さんが降りるのが見えたんでね。すぐ駆け付けたわけです」

それから辻村は少し真顔になって、聞いた。

「あの車に乗ってたのは、何者です」

「哈爾浜特務機関だ」

辻村は、へえ、と正直な驚きの表情を見せた。

「特務機関とはねぇ。どんどん役者が揃ってくるじゃないですか。連中、何の用だったんです」

耕一は、諸澄との会話を辻村に教えた。辻村は大袈裟に目をぐるぐる回した。

「みんな同じものを追っかけてるみたいですねぇ。面白くなってきましたなぁ」

「面白がってる場合じゃないぜ。奴ら、いざとなりゃ何を仕掛けてくるかわからん」

「そりゃそうですね。何しろ、飛び道具持ってますから」

辻村は冗談めかして言った。が、今までと違って目付きは真剣そうに見えた。

資料課の自席についたときは、十時になっていた。主任は、「連絡もなしに重役出勤か。いいご身分だな」と嫌味を言ってきたが、適当に謝り、すぐに「ちょっと上の方へ」と言い置いて部屋を出た。憲兵隊と特務機関の件を、総裁に報告する必要があった。

秘書は耕一の顔を見ると、すぐに総裁室へ案内した。幸い、松岡は自席にいた。

「辻村から聞いたぞ。何があった」

松岡は、秘書がドアを閉めるなり言った。耕一は大きな黒檀の机の前に立ち、今朝の出来事の一部始終を報告した。

「特務の、諸澄少佐と言ったか」

聞き終えた松岡は、椅子の背に体を預け、腕組みした。思ったほどには動じていないようだ。

「ご存知なのですか」

「名前は聞いたことがある。どちらかと言うと、一匹狼のような動きをするらしい」

耕一は、諸澄の顔を思い浮かべた。軍隊は上意下達が絶対だが、あの男は確かに、必要があれば枠から外れた行動も厭わないような面構えに見えた。

「機関長の安藤少将には気に入られているようだが、操縦の難しい男ではあるんだろうな」

松岡は、そんな風に諸澄を評した。耕一は感心した。特務機関という、一般からは覗きえない部門の事情も知っているとは。さすが、満州でこの人ありと言われる実力者だ。

「しかし、特務の方から接触してきたのは好都合かもしれんな」

松岡は思案する態で顎を撫でた。

「諸澄少佐は、うちの書類紛失になぜそこまで興味を持つんでしょうか。少佐の様子では、もっと重要な文書が流出していると疑っているようでしたが」

「スパイを追っているんだろう」

松岡があまりにあっさりと言うので、耕一は目を丸くした。

「塙がスパイと繋がっていた、ということですか？　それ自体はさして不思議ではありませんが、満鉄本社の重要性が低い文書を盗む意味がわかりません」

「君の言う通り、価値ある情報を引き出すなら、経済調査会だろう。だが、あっちは当然警戒が厳しい。監視の目をくぐり抜けるのは、簡単じゃない」

それは間違いない。関東軍主導の調査事項を扱っている以上、憲兵が目を光らせているはずだ。

「その一方、どうということはない本社の書類でも、全く無価値というわけではない」

「簡単なところを狙ったと、お考えですか」

「どうかな。それを調べるのは、君の仕事だ」

そう言われては、返す言葉がない。「失礼しました」と頭を下げた。

「諸澄少佐は、これからも接触してくるだろう。君はうまく関係を保って、動きを見張ってくれ。何をどうしようとしているのか、な」

満鉄改組の件で、今は何かと微妙な時期だ。諸澄が独自に作戦を計画しているなら、満鉄としてどう対応すべきか考える必要がある、ということだろう。

「承知しました」

耕一は、即座に返した。

「言うまでもないが、憲兵にも注意するように。連中は、特務と仲良しとは言い難い。諸澄少佐と同じものを追っているなら、悶着が起きるかもしれん。この一件にかこつけて、うちの社内に手を突っ込んで引っ掻き回されてもかなわん」

「心得ております。面倒を起こさないようにいたします」

松岡は、わかったと手を振った。もう行け、という合図だ。耕一は黙って一礼し、総裁室を出た。


その日、定時で退社した耕一は、浪速町通りへ向かった。塙について、春燕がもっと何か知っているのでは、という感じが、どうも拭いきれなかったのだ。塙が死んだ以上、書類の件にしても殺人そのものにしても、思い当たる手掛かりは春燕しかないということもある。

いや、それだけじゃないな、と耕一は自嘲気味に一人で笑みをこぼした。理由はどうあれ、春燕のような女性と過ごせるなら願ったりだ。しかも、経費が使えるときている。あわよくば、などと考えないでもないが、それは虫が良過ぎるだろう。

そこでちょっと迷ってから、目に付いた喫茶店に入った。座って珈琲を頼み、しばらく待つ。三分も経たないうちに、辻村が現れて向かいに座った。やっぱり、と耕一は笑った。

「尾けてたのか」

「いえいえ、そんな。でも、用があるときは近くにいる、と言うたでしょう」

しれっとして、そんなことを言う。からかわれているようで、面白くない。

「で、ご用は」

「倶楽部沙楼夢に行く。付き合うか」

一人で春燕に会いたいところだが、どうせ張り付かれるなら、初めから辻村も一緒の方がいい。

「喜んで」

辻村は、楽し気に答えたが、すぐに声をひそめた。

「入口の横の席に、招かれざるお客さんが」

「知ってる」

耕一は、目の端でちらっとその席を確かめた。ワイシャツ、ズボンにパナマ帽という男が座っている。本社を出てから後ろをつかず離れずで、ここまで来ていた。特務にしては尾行（びこう）の仕方に洗練さを欠くので、私服の憲兵に違いない。

「放っておこう。紗楼夢の中までは入ってこないさ」

辻村は、そうですねと頷き、席を立った。耕一も珈琲を飲み干し、続いて立った。店の外に出ると、憲兵らしき男も付いてくる。二人は知らんぷりで、浪速町へと歩いた。

紗楼夢に着くと、思った通り、憲兵は二人が入るのを見届けて姿を消した。おおかた、店の雇人（やといにん）の中に情報提供者がいるのだろう。

ホールに足を踏み入れると、耕一の顔を覚えていたボーイ長が寄ってきて、前と同じ席に案内した。春燕は接客中だそうなので、紅蘭を呼んだ。

「詫間さン、また来てくれて嬉しいでス。お仲間の方も連れてきてくれたんですネ」

紅蘭はにこやかに言って、耕一に膝を寄せて座った。

「どうも、辻村です」

いかにも場慣れた風に、辻村が胸に手を当てて挨拶した。

「こちら、おしゃれな方ですネ。満鉄の方には、珍しいかナ」

「なァに、満鉄にも僕のような見栄(みば)えのする人間はいるんだよ」

「あら、ホント。きっといっぱい、遊んでるネ」

そうとも、遊びのためにこそ仕事があるんだ、などと辻村は片目をつぶる。確かに、こういう場には自然に馴染んでいる。

「紅蘭は今日も綺麗だねえ」

愛想を言ってやると、つつかれた。

「詫間さンは、春燕さンがお目当てなんでショ？」

「うん、春燕は確かに美人だが、君はまたタイプの違う美人だからね。僕は二人とも好みだよ」

「あら、お上手。でも、そんなこと言われたら紅蘭、その気になるヨ」

「ああ、どんどんその気になってくれ。大いに結構だ」

「じゃア、いいお酒、頼みますネ」

紅蘭の合図で、ボーイが高級スコッチを運んできた。カモにされてるな、と耕一は内心で嗤(わら)う。紅蘭が言うには、春燕は奥の個室で上客の相手だそうだ。奥を見ると、金細工の装飾が施(ほどこ)されたドアが、幾つか並んでいる。塙は、あそこに案内されるほどの客ではなかったようだ。

間もなく辻村の相手をする女給も来て、四人で他愛もない話を続け、一時間余り経った。辻村は、仕事柄こういう店に出入りしていると言っていただけあって、女給の扱いが上手い。世辞だと思わせない巧みな話しぶりで、女給たちをくすぐっている。辻村に付いた女給は、早くも辻村に熱い目を向け始めた。耕一は少しばかり癪にさわった。それでも耕一は怠りなく、春燕のいる個室のドアにも注意を向けていた。辻村も女給を口説くような素振りの中、同様に個室を窺っているようだ。

ふと目を動かしたとき、個室のドアが開いて、春燕に伴われた白人の男が出てくるのが見えた。耕一は、そちらに顔を向けた。

「あ、春燕さン、出てきたネ」

紅蘭が言った。気のせいか、少し残念そうな響きが混じっている。

「あれが上客かい？　何者かな」

耕一がその白人に顎をしゃくって言うと、紅蘭が「ははあ」とからかうような目付きをした。

「詫間さン、妬いてるネ」

辻村が吹き出した。耕一は顔を顰めてみせる。

「いやいや、そんなんじゃないって。個室を使うのは金持ちなんだろ？　どんな偉い人かと思ったんだが」

「さァ。二回くらい顔見たことあるけド、どういう人か知らなイ」

「ロシアの人かな」

満州で白人と言えば、大抵そうだ。革命を逃れた白系露人(はっけいろじん)ばかりでなく、ソ連から訪れた商人や密偵の類いもいる。

「そうネ。大連に住んでる人みたイ」

思った通り白系露人のようだ。髪はやや薄く、ジャガイモのようにごつごつした顔立ちだった。白人の年はわかり難いが、四十過ぎというところか。革命の頃は、血気(けっき)盛んな青年だったろう。

春燕とロシア人が玄関へ行くのを見送ると、辻村が手洗いに行くと言って席を立った。春燕たちに接近するつもりだろう。耕一は、目で了解の合図を送った。

辻村が戻るのに五分以上かかったが、不自然なほどではなく、紅蘭たちも不審に思った様子はなかった。

「いやぁお待たせ、お待たせ。ここは手洗いも長居したくなるほど綺麗じゃないか」

ハンカチを使いながら歩いてきた辻村は、席につく際、さっと耕一に目配せした。収穫あり、のようだ。耕一も目でわかったと返すと、辻村はソファにどすんと座り、また女給を口説き始めた。互いに本気でないことは承知の、お遊びだ。

「辻村さン、女の人の扱い、上手ネ」

紅蘭が耕一に体を寄せて、囁いた。

「確かに上手いなぁ。僕も修行しなきゃねぇ」

耕一が言うと、紅蘭は小さくかぶりを振った。

「上手過ぎる人、却って危なイ。辻村さン、危険ネ」

笑いながらそんなことを言う。冗談に違いないのだが、耕一は全くその通りだ、と内心で賛同していた。


さらに三十分過ごしてから、二人は紅蘭たちに送られてタクシーに乗った。車が走り出し、信濃町（しなのちょう）の通りへ左折してから、耕一は顔を引き締めて辻村に問うた。

「何か掴めたか」

「ええ。裏口から壁伝いに玄関へ回って、春燕とロシア人がタクシーを待っている間、ずっと見ていました」

「話は聞こえたか」

「いや、そこまでは。でも横顔が玄関の照明ではっきり見えてましてね。二人とも顔が硬くて、睨み合っているようにも見えました。女給と上客って感じゃなかったですねえ」

「だいぶ難しい話があった、ってことか」

「ロシア人のタクシーを見送ってから玄関に引き返してきた春燕姐(ねえ)さん、舌打ちでもしそうでしたよ。かと言って痴話喧嘩(ちわげんか)の類いには見えへんかったし」

そうか、と耕一は頷き、しばし考え込んだ。いったい二人は、どういう関係なのだろう。

「ところで、さっきの女の子、小芳(シャオファン)っていうんですけどね」

「え？　ああ」

辻村に付いていた女給か。小柄で可愛い子だったが、何かあるのか。

「ちょっと気に入りましたよ。詫間さんはあの紅蘭って子がお気に入りですか。この一件が片付いてからも、あの店に行く経費、出ますかねえ」

辻村は、くっくっと笑った。耕一は呆れて辻村を見た。ついさっきまで真剣な話をしていたのに、この男、どこまでが本気でどこまでが冗談なんだろう。

六

タクシー会社とナンバーは辻村が覚えていたので、翌日、ロシア人を送った運転手を摑まえることができた。何枚かの紙幣の力を借りて、ロシア人の行き先を聞き出す。ロシア人が降りたのは、楓町（かえでちょう）だという。

「家まで送ったのか。どの家だったかわかるかい？　番地とかは」

「そこまでわかりませんや。家に入るまで見てたわけじゃないんで」

満人の運転手は困った顔をしたが、だいたいの位置はわかった。耕一は本社に戻って地図を確認し、矢崎に電話した。

「おう、何だ。あの件、まだ調べてるのか」

矢崎は、心配そうな声を出した。

「憲兵隊に引っ張られたと聞いたが、大丈夫か」

「ああ、単なる事情聴取だけで済んだ。お茶も出なかったけどな」

矢崎が小さく笑うのが聞こえた。

「太い奴だ。何度も言うが、せいぜい気を付けろよ」

特務機関のことは、黙っておいた。これ以上矢崎を悩ませることもあるまい。

「実はちょっと、知りたいことがあってな」

耕一は、楓町のロシア人のことを話した。矢崎は、興味を引かれたようだ。

「そいつが春燕と？　ふうん、ちょっと面白いかもしれんな」

「名前を割り出せるか」

「お安い御用だ」

矢崎は一旦電話を切り、十五分ほどしてからかけ直してきた。

「見つけたぞ。エフゲニー・ボリスコフ。やはり白系露人だ。住所は楓町の×××番。貿易商ってことになってるが、詳しくはわからん。事務所は、常盤橋近くのビルにある」

「警察の方で目を付けたりはしてないんだな？」

「特高課とかで？　いや、聞いてない。だが、ちょいと面白そうだな」

「と言うと？」

「この男、塙の書斎にあった住所録に載っている」

「なるほどね」

これは、さして意外ではなかった。

「どうする。こいつを探るつもりか」

「まあ、当たってみる価値はあるだろう」

耕一は矢崎に礼を言って、電話を切った。

ボリスコフの家は、大広場から一キロほど南に行った楓町の表通りを、山側に少し入ったところにある、洋館だった。そう大きくはないが、屋根が深く重厚な造りで、瀟洒な新しい家が多い界隈では、やや異質な感じだった。

「ちょっと重苦しい感じの家ですねえ」

家の表が見通せる角まで来て、足を止めた辻村が言った。家は住む者の人となりを表すなどと言われる。ボリスコフがどういう人間かは知らないが、風貌には合っているように思えた。

「さて、どうします」

辻村が聞いた。会社を終えてから来たので、辺りは薄暗くなっている。窓に明かりが見えるので、ボリスコフは在宅のようだ。

「呼び鈴を鳴らして、春燕とはどういう関係ですかと聞くわけにもいかんでしょう。塙を知っているだろう、と聞いて反応を見ますか」

そういう手もなくはないが、耕一はかぶりを振った。

「ちょっと乱暴過ぎるかな。しばらく見張って、出かけるようなら尾けてみるか」

辻村は不服そうにしたが、わかりましたと頷いた。

身を隠す場所を探して周りを窺うと、一つ先の角に人影が見えた。電柱の陰から、ボリスコフの家を見ている様子だ。憲兵だな、と耕一は直感した。

「面倒臭いのがいますね」

辻村も気付いたようだ。憲兵隊がボリスコフを見張っている、というのは興味深かった。

「奴を尾け回す根拠が、何かあるんだな。それがこっちにもわかればいいんだが」

そう口に出したとき、ふいに肩を摑まれた。驚いて振り返る。漢人の服を着た男が、そこにいた。見覚えのある顔だ。しかし、憲兵ではないようだ。

「ボリスコフには、関わらない方がいいですよ」

漢服の男は、伏し目がちにして言った。そこで耕一は思い出した。諸澄の車に乗せられたときの、運転手だ。

「あなた、諸澄少佐の部下ですね」

男が、小さく頷く。

「加治(かじ)軍曹です。ついでに言うと、ここは憲兵に監視されていますよ」

辻村がそれを聞いて、顔を突っ込んだ。

「それは気付きました。そっちも、ボリスコフの監視ですか」

「あれほどあからさまに、ではないですがね」

加治は憲兵のいる方を目で示した。小馬鹿にしたような目付きだった。

「ボリスコフとは、何者なんです」

耕一は直截(ちょくせつ)に聞いてみたが、加治は口元に薄い笑みを浮かべただけで、答えなかった。

「まあ、あんた方と憲兵の監視下にある、ということで、だいたい想像はつきますけどなあ」

　辻村もまた、思わせぶりな笑みを浮かべる。

「想像されるのは自由です」

「塙との関わりは？」

　加治はそれにも答えず、さっきより強めに耕一と辻村に言った。

「とにかく、深入りはお止(よ)しなさい」

　加治は町の方角に顔を振った。忠告を聞いて立ち去れ、という意味だ。逆らっても益はない。耕一は大袈裟に溜息をついてみせると、辻村に顎をしゃくり、踵(きびす)を返して来た道を歩き出した。加治の視線が追ってくるのを、背中に感じた。


　北の市街の方に向けて歩き、電車通りに出て実業学校前の停留所が見えたところで、立ち止まった。辻村に目で促す。辻村は了解して、さっと目を走らせた。

「尾けられている気配はないですよ」

　そうか、と耕一は頷いた。憲兵は自分の監視をやめたのか。だとすると、諸澄のところからまた何か言ったのかもしれない。その代わり、特務機関の連中に監視されている可能性はあった。彼らなら、尾行を見つけるのは憲兵ほど簡単ではない。

加治も、ボリスコフではなく耕一を尾行していたのだと考えられなくもない。

どうするか、と少し考えたが、気にしても仕方ないと思い直した。撒いてみたところで、大連市内なら耕一が行きそうな場所は容易に割れる。耕一は腹を決め、辻村の肩を叩いて来合わせた電車に飛び乗った。ボリスコフに接触できないなら、春燕に直接聞くしかあるまい。


紗楼夢も三度目となると、ボーイ長の態度も恭しくなった。立て続けにここに来れるだけの経費を使える、お偉方だと判断したのだろう。ある意味、間違ってはいない。この経費は総裁室の秘密勘定から支出されるので、矢崎が心配したように経理から苦情が出ることはない。

今夜は、春燕は空いていた。それを確かめてから、耕一は辻村に小声で言った。

「僕は春燕と二人だけで話す。君は小芳でも呼んで、誰か僕たちに注意を向けていないか、他の席から見張っていてほしい」

辻村は了解の印に片目をつぶった。

「春燕姐さんを独り占めってわけですね。羨ましい」

そんな軽口と共に耕一の背中を叩くと、辻村は小芳を見つけて手を振り、ボーイの一人と奥へ行った。それを見送って席についてからボーイ長にチップをはずむと、たちどころに春燕が耕一の目の前に可憐な姿を現した。

「詫間さん、こんばんは。ようこそいらっしゃいました。昨夜はお相手できなくてごめんなさい」

今夜の旗袍は、白地に牡丹だ。胸回りの豊かな紅蘭と違ってすらりとした春燕に、よく合った仕立てだ。

「相変わらず、素敵だね」

お愛想ではなく、本気で言った。伝わったかどうか、春燕はにっこりする。

「ありがとうございます。またスコッチでよろしい？」

耕一の返事を待って、春燕はボーイに酒を注文した。乾杯するまで、無害な会話を続ける。

「あちらは、ご一緒じゃないの」

春燕は、辻村の方を示した。一緒に店に入るのを見ていたのか。思った通り、抜け目はなさそうだ。

「あいつは小芳ちゃんにご執心でね。僕は是非あなたと過ごしたいと思ってたんで、それじゃあ別々に、ってことになったんだ」

「あら、嬉しい。じゃあ、ゆっくりお話ししましょう」

春燕は蠱惑的な微笑みを耕一に向け、グラスを掲げた。耕一の背中がざわついた。ちょっと油断すると、引きずり込まれそうになる。心してかからねば。

「さて、と。実は、聞きたいことがあるんだが」

十分ほどしてから切り出すと、春燕は愛らしい素振りで小首を傾げた。

「まあ。改まって、何かしら」

「昨夜来ていた、白系露人の客についてだ」

ほんの一瞬、春燕の顔が硬くなった。が、すぐ常の微笑に戻る。

「ロシア人のお客様は、大勢来られますから」

「エフゲニー・ボリスコフ。わかってるだろう」

春燕は、数秒耕一の顔を見つめてから言った。

「何をお知りになりたいの」

「彼の商売は何だ」

「貿易のお仕事、と伺ってますけど」

耕一は、笑ってかぶりを振った。

「本業の方だよ。世を忍ぶ仮の姿、ではなく」

「ヨヲシノブ。日本の古い言い方かしら」

春燕は、微笑を絶やさない。

「そう。で、どうなんだい」

「あなたの方からは?」

見返りを求めるのか。上等だな、と耕一は内心でニヤリとする。やはり、一筋縄ではいかない。

「塙が満鉄から手に入れたと思われる書類について、教える」

春燕は、ほんの少し考える様子をしてから頷いた。

「いいわ」

「よし。奴は何者だ」

「ソ連のスパイ」

耕一は、ウヰスキーでむせそうになった。こうもはっきりした答えが返ってくるとは、思わなかった。

「白系露人になりすましていると?」

春燕は、かぶりを振る。

「そうは思えません。革命から逃げてきた話を聞いたけど、嘘には聞こえなかった」

白系露人でも、弱みを摑まれたり買収されたり、故郷に残した家族や親類を人質にされたりして、ソ連共産党政府の手先になっている者は少なくない。ボリスコフもその類いなのか。

「奴はどんな活動を」

「大連で、いろんな人から情報を買っているみたい。このお店でも、時々取引らしいことをしています」

「塙も、その相手の一人だったんだね？」

「ええ。それと、ボリスコフさんは時々、哈爾浜へ行っています」

「哈爾浜か」

貿易の用事で行くのでなければ、哈爾浜のソ連領事館に報告に行っているのかもしれない。それで諸澄たちに目を付けられたか。

「どうして奴がスパイだと気付いたんだ」

「個室の壁、薄くなっているところがあるんですよ」

春燕は、悪戯(いたずら)っぽく笑った。奥の個室は、盗み聞きできるわけか。客の秘め事をこっそり摑んで、何かのときに利用しようというのだ。黒社会が関わる店ではよくあるが、ここでもやっているとは、油断がならない。

「昨夜は、ボリスコフと何かあったのか」

「昨夜？　確かにいらしてましたけど、何か、とは」

春燕は、軽くとぼけた。辻村が玄関前で見ていたことは言いたくないので、耕一も「そうかい」と応じるだけにした。どのみち、春燕のような女を追い込むなら、はっきりした証拠を揃えて腰を据えてかからないと駄目だ。

「それで、塙さんに渡ったものというのは」

それ以上の質問を封じるように春燕が催促してきたので、耕一は書類の内容について話した。春燕は微笑したまま、黙って聞いていた。話を聞いてどう思ったかを、顔に出すことはなかった。他の席やボーイからは、耕一が熱心に春燕を口説いているようにしか見えなかったろう。

「わかりました。ありがとう」

聞き終えると、春燕は礼を言って、ご苦労様とでも言うようにグラスにウヰスキーを注ぎ足した。耕一はそれを一口呷り、春燕の顔を正面から見つめた。春燕が、目を瞬く。

「君はいったい、何者だ」

「ここの、女給ですわ」

春燕は、平然と答えた。馬鹿な、と言いかけたが、引き込まれるような笑みに遮られた。取引はここまで、ということか。そこで、ボーイが近付き、春燕に何事か耳打ちした。春燕が頷き、耕一に向かって申し訳なさそうに眉を下げた。

「ご免なさい。大事なお客様に、呼ばれてしまいましたわ」

「ああ、わかった」

寧ろ耕一の方がほっとした。春燕は、投げキッスのような仕草をして、席を立った。

代わってすぐ、紅蘭がやってきて隣に座った。

「昨夜に続いて今晩も来てくれましたネ」

明るい笑顔で言うと、ちらりと春燕が使ったグラスに目をやった。

「今日は春燕さンに会えテ、良かったですネ」

「うん、まあね」

曖昧に応じると、紅蘭は耕一の顔を覗き込んだ。

「あれ、もしかしテ、振られたりしましたカ?」

「いや、そうじゃないけどね。まあ、何て言うか」

耕一は、春燕が行った方を目で追った。どんな上客が来ているのかまでは、わからない。大連市や関東都督府の高官か。満鉄幹部か。或いは、どこか別の国のスパイか。

「春燕は、ちょっと高嶺(たかね)の花かもしれないね」

彼女の得体の知れなさが、妖しい魅力となって耕一の背筋をぞくりとさせた。ボリスコフより春燕の方が危険かもしれないと、頭の奥で警報が鳴っている。

「タカネノハナ。そうかモ。春燕さン、綺麗で強イ」

強い、を紅蘭がどういう意味で言ったかはわからないが、ぴったりだなと耕一は思った。

「そう、強いのかもね。僕には紅蘭の方がいいかな」

紅蘭の顔が、輝いた。

「ほんト？　嬉しいナ」

紅蘭が腕を絡めて寄り添ってきた。耕一は、何だか癒される気がした。


翌日、耕一が出勤して廊下を歩いていると、急に小会議室の扉が開いて、辻村が手招きした。耕一は後ろを振り返り、誰も見ていないのを確かめてから体を滑り込ませた。

「昨夜は、春燕姐さんをうまく口説けましたか？」

ずっと見ていたくせに、冗談としては下世話だ。ふん、と鼻であしらう。

「そっちこそ、小芳は口説けたのか」

「ええ、まあね。悪くなかったですよ」

今日の辻村は、白い半袖開襟シャツに地味な灰色のズボンという、満鉄社内ではどこでも見られる格好だ。これなら街中でも、人目は引くまい。

「いつもそういう格好ならいいのに」

「ま、僕の好みのスタイルじゃないですがね。仕事に合わせていろいろ変えてますよ」

どうですとばかりに袖をつまんで見せた。

「で、昨夜は何か見つけたか」

耕一の問いに、辻村はまあ慌てずと手を出し、煙草に火を点けてから答えた。

「店の中で、詫間さんと春燕に注意を向けてた奴は、いませんでした」

「そうか」

「で、そっちは何かわかりましたか」

「ボリスコフは、ソ連のスパイだそうだ」

何とね、と辻村は目をぐるりと回してみせた。だが、仕草ほどには驚いていないようだ。

「まあボリスコフはそうかもって感じですが、春燕がよく言いましたね」

「最初から、聞かれたら教える、って気だったんだろうな」

ふうん、と辻村が顎を掻いた。

「小芳に春燕のことを聞いてみたんですけどね」

ほう、と耕一は思った。辻村も、小芳を口説くばかりではなく、ちゃんと仕事をしているようだ。

「あんまり自分のことは話さないそうで。奉天の出だってのは間違いないようですが、両親の話はしたことがないとか。日本語もロシア語もペラペラですが、前にアメリカ人が店に来たときは、英語も使ってたそうです。なかなか、大したもんですね」

満州で最も一般的な西欧言語はロシア語だから、高級倶楽部の女給である春燕が話せたとしても、さほど意外ではない。しかし英語はいったいどこで覚えたんだろう。少なくとも四か国語を操るとは、春燕にはただならぬ語学の才があるようだ。

「それと、時々仕事の最中に店を抜け出すことがあるようです。小芳が言うには、誰かいい人と会ってるんじゃないかって。でも支配人は黙って見逃してるから、相手は大物に違いない、なんて女給たちは噂してるそうです」

大物か。いったい誰だ。春燕は、やはり誰かの意を受けて動いているのだろうか。

「聞き出したのはそこまでです。あんまりしつこく聞くと、小芳が妬くんで」

辻村は、どうですという顔で耕一を見る。

「そのぐらい聞ければまずまずだ。ご苦労さん」

辻村は、ニヤリとして親指を立てた。

「で、次はどう動きますか」

「ボリスコフを追う」

　耕一は迷わずに答えた。

　二人は午前中に会社を抜け出し、常盤橋へ行った。ボリスコフの事務所を確かめようと思ったのだ。加治から釘を刺されたものの、ボリスコフがスパイだとはっきり聞いた以上、このまま無視するわけにはいかなかった。とは言っても、直接会おうとしても加治や憲兵に止められるのは明白なので、遠くから様子を窺うしかない。

　ところが、予定外の展開になった。電車を降りてそのビルに向かいかけたところ、ボリスコフが通りを歩いてくるのが見えたのだ。ぎくっとしたが、相手は耕一たちの顔を知らないので、気にする必要はない。そのまま、すれ違った。歩き続けると、明らかにボリスコフを尾けているらしい鳥打帽を被った男を見つけた。憲兵に違いない。

　耕一は辻村の腕をつつき、裏路地を回ってボリスコフと憲兵の後ろに出た。さっと見回したが、加治の姿は捉えられなかった。

　ボリスコフと憲兵は、信濃町通りを北の方へ歩いている。そのまましばらくついていくと、ボリスコフは線路上にかかる日本橋を渡ったところで左に道を取り、大連駅に向かった。列車に乗るつもりだろうか。ボリスコフは鞄を持っていないので、遠出するわけではないと思うが。

ボリスコフは雑踏を分け、駅に入った。辻村と憲兵がそれを追う。耕一は先回りし、切符売り場が見通せる柱の陰に立った。大連駅なら、勝手はわかっている。見ていると、ボリスコフは三番の長距離切符用出札口に並んだ。憲兵は、耕一から見える位置に止まって新聞を広げた。新聞越しにボリスコフを見つめているのが明白で、不器用な連中だと耕一は胸中で嗤った。辻村は少し離れた柱の陰に行って、煙草を吸い始めた。辻村の方が、憲兵よりもずっと尾行に慣れているようだ。

ボリスコフが出札窓口を離れるのを待って、耕一は駅務室に入った。咎めるような顔を向けた駅員に職員証を見せ、本社の用事で尋ねたいことがあると、出札助役を呼んでもらった。

「はい、何でしょうか」

鼻の下に髭を蓄えた助役が出てきた。耕一よりひと回りは年上だろうが、本社員ということで態度は丁重だ。

「つい今しがた、三番窓口に来たロシア人の客が、どんな切符を買ったのか知りたいんですが」

「承知しました。少しお待ちを」

助役は三番窓口担当の出札係のところへ行き、二言三言交わすと、すぐに戻ってきた。

「明日の哈爾浜行きです。一六時三〇分発の欧亜急行の一等寝台を一枚。部屋は、二号室です」

昨夜、春燕がボリスコフは時々哈爾浜へ行っている、と話していたのを思い出した。ほとんど迷わず、助役に言った。

「同じ列車の二等寝台を二枚、お願いします」

「すぐお出しします」

助役はその場で寝台券を用意し、耕一に手渡した。事情は一切、聞かなかった。礼を言って切符をポケットに納め、駅を出た。哈爾浜までボリスコフを尾けて何が出てくるか、それは耕一にもまだ読めなかった。

第二章

欧亜急行

七

午後四時を過ぎた大連駅は、思ったより混雑していた。通勤客が帰路につくにはまだ早いが、この後、一六時三〇分の哈爾浜(ハルビン)行き欧亜急行一〇一五列車と、一六時五〇分の奉天(ほうてん)行き急行一七列車が立て続けに発車する。その乗客たちと見送りの者が、早くも待合室やコンコースに集まり始めているのだ。

「だいぶ、できてきましたねえ」

辻村が、三本あるホームの向こう側に立ち上がっている鉄骨を指差して言った。それは新駅舎の建設現場で、あと一年もすれば、手狭になった現駅舎に代わって、東京の上野(うえの)駅そっくりの近代的な建物が威容を現すはずだ。埠頭(ふとう)側に向いている現駅舎と違って、市の中心街に面することになるので、利便性は格段に向上する。

「もうすぐ、この雑然とした風景ともおさらばだな」

耕一は雑踏を見ながら言った。帝政ロシアが造ったこの町も、次第に日本式の近代都市へと塗り替えられていく。十年も経てば、町並はどう変わっているだろうか。

耕一は辻村を待たせ、一等待合室を覗(のぞ)いてみた。耕一は一等客ではないが、駅員に職員証を示すとすんなり通してくれた。知人を捜すふりをして中を見回す。白人の客は数人いるが、ボリスコフは見えなかった。発車間際に来るつもりだろうか。

耕一は待合室から離れ、時計を確かめた。一六時一〇分。城子疃行きの普通列車が発車する汽笛が聞こえた。そろそろ、欧亜急行の改札が始まる。

昨日、松岡総裁に報告して指示を仰ぐと、ボリスコフを追えとすぐに命じられた。

「哈爾浜なら、特務機関のお膝元だ。諸澄少佐も動くんじゃないか。もし出てくるようなら、そっちの動きからも目を離すな」

松岡はそんなことを言った。

「きっと憲兵も動きますよ。そっちは放っておきますか」

「憲兵には関わるな。憲兵も特務機関もソ連のスパイらしき男も、全部相手にしたら君の手に余るだろう」

その通りなので、仰せに従った。資料課には急な哈爾浜への出張理由が説明できないので、親類の不幸と称して休みを願い出た。主任は嫌な顔をしたが、状況を察している課長が承認したので、何も言わなかった。寝台料金や宿泊費は、総裁室が処理してくれる。

改札の案内があったので、辻村と共に改札口へ並んだ。長距離列車らしく、大荷物の客が多い。一人で二つも三つもトランクを持った赤帽が、忙しく動き回っている。長くても二泊、と思われたので、耕一は旅行鞄一つの軽装である。辻村も同様で、旅慣れているのか使い勝手の良さそうな小型の鞄を持っていた。服装は昨日と違い、いつもの派手なシャツ姿だ。

　ほどなく改札が開き、列がゆっくり進みだした。ボリスコフは、まだ姿が見えない。ホームに出た耕一は、横付けされた欧亜急行の編成を、ざっと眺めた。列車は七両で、前から郵便荷物車、一等寝台車、二等寝台車、二等座席車、食堂車、三等寝台車、三等座席車の順になっている。耕一たちが乗るのは、三両目の二等寝台車だ。

　自分の車両に歩きかけ、前方を見通した耕一は、おやと首を傾げた。

「機関車がいないな」

　辻村は、それが何か、という顔をした。

「まだ用意できてないんでしょう」

「いや、普通なら、車庫からこの編成を牽いてきて、そのまま停車しているはずなんだが」

　どうしたのだろうと思い、先頭の方へ鞄を持ったまま歩いた。すると、郵便荷物車のところまで来たとき、前方から荷物車を一両繋いだ機関車が、後進運転で接近してくるのが見えた。ああそうか、と耕一は得心した。機関車は、荷物車を増結するため入換を行っていたのだ。しかし増結するほど、今日は荷物が多いのだろうか。

荷物車がさらに接近して、開いた扉から誰かが頭を出しているのが見えた。耕一は、眉を上げた。その男は、軍服を着ていた。

耕一たちは一歩下がって、荷物車と機関車が急行列車に連結されるのを見た。荷物車の開いた扉から、中がちらりと見えた。何人かの軍帽が動いている。どうやら、一個分隊程度の兵士が乗り込んでいるらしい。

「やけに物々しいですね」

さすがに辻村も怪しむ声を漏らした。

「やあ詫間君。君もこの列車に乗るのかね」

ふいに後ろから声をかけられた。びくっとして振り向くと、いつの間に現れたか、背広姿の諸澄少佐が立っていた。

「これはどうも、少佐殿」

諸澄は軽く顔を顰めた。

「私服なんでね。階級で呼ぶのはやめてくれたまえ」

「わかりました、諸澄さん」

言い直してから、耕一は聞いてみた。

「ボリスコフを監視しているんですね」

「私は哈爾浜へ帰ろうとしているだけさ」

諸澄は、白々しく答えた。それから辻村の方を向いた。

「君は辻村君だね」

「そうです。初めまして」

辻村は被っていたソフト帽を取って、恭しく一礼した。どうやら諸澄は、辻村のことも既に調べ上げているらしい。だったら、紹介の労は取らなくて構うまい。

「君たちこそ、奴を尾けていくのか」

「ちょっとした出張です」

互いに承知なのに、馬鹿馬鹿しい会話だと耕一は失笑しかけた。

「あの兵隊を乗せた荷物車ですが」

耕一は荷物車を目で指した。

「何のためでしょう」

「さあね。匪賊の警戒じゃないか」

諸澄は、そちらを見もせずに答えた。何をとぼけてるんだ、と耕一は訝った。

匪賊の警戒のため、通常の警乗兵を超える武装兵の一隊を一般の急行列車に同乗させるとは、只事ではない。あの荷物車は十中八九、諸澄の命令で増結されたものだろう。

「どこにご乗車ですか」

「二等寝台車だ」

「じゃあ、僕らと一緒です」

「そうか。そろそろ十分前だ。乗り込むとしようじゃないか」

　諸澄は先に立って歩き出した。どうにも食えない男だ、と思いつつ、耕一は後ろからついていった。

　ホーム中ほど、二等座席車の横に知った顔を見つけた。諸澄と同様の背広姿だが、間違いようはない。憲兵隊で耕一を取り調べた、柴田中尉だった。おそらく諸澄も気付いているだろうが、そんな素振りは全く見せない。柴田には目もくれず、さっさと二等寝台車のステップを上がった。耕一も目を合わせたいとは思わなかったので、そそくさとステップに足をかけた。

　そこで、ボリスコフがホームを歩いてくるのに気付いた。トランクを持った赤帽を従えている。やはり、待ち時間のないよう見計らって到着したらしい。周りに目を配る様子もなく、真っ直ぐ（まっすぐ）に一等寝台車へ歩いていった。その後ろをちらっと見ると、思った通り柴田の視線が、ボリスコフの背にじっと注がれていた。耕一はデッキに上がって、ボリスコフの後ろ姿を追った。ボリスコフは誰とも接触することなく、一等寝台車に乗り込んだ。それを確認した耕一は、自室に入ろうとホームに背を向けた。

そのとき、ぐいっと辻村に肩を引っ張られた。何だと思って振り向くと、ホームを洋装の若い女性が、赤帽以外の連れもなく一人で、一等寝台車の方へ歩いていくのが目に映った。整った目鼻立ちに薄めの化粧を施(ほどこ)した横顔を見て、耕一は仰天(ぎょうてん)した。春燕だ。どうしてこの列車に？

耕一は、思わず顔を隠した。春燕は気付いた様子もなく前を通り過ぎ、赤帽に続いて一等寝台車に入った。それを見届けてから、辻村が言った。

「ボリスコフと同じ車両に乗ったということは、何かの事情で同行してるんですかね。けど、春燕とボリスコフが二人旅を楽しむような仲ってのもなさそうだし、全く別々にやってきたのも変ですね」

「まあ、今考えても仕方がない。どうやらこれで、舞台が整ったようだな」

助役がホームに出てきて、乗車が完了したのを確認すると、時計を見て旗を上げ、笛を吹いた。耕一も反射的に腕時計を見た。一六時三〇分、定時だ。先頭でボオーッと発車の汽笛が鳴らされ、欧亜急行は衝撃もなく、ゆっくり動き出した。哈爾浜まで十五時間の旅路の始まりだ。

列車は、がたがたと音を立ててポイントを幾つも渡り、大連駅の構内を出た。耕一は一番前寄りの自室に鞄を置いて、デッキに出た。満鉄の二等寝台車は大半がプルマン式の開放室だが、この欧亜急行の場合は、欧州の旅客に配慮してか、区分室になっている。進行方向右側に、七つの四人部屋が並んでいた。隣の一等寝台車も区分室で、こちらは二等寝台車と反対の左側に、二人部屋が十二ある。編成中、この二両と食堂車、荷物車が木造車体で、重厚で豪華なのだが、少々古い。あとの車両は鋼製車だった。一等車より三等車の方が近代的で新しいというのは、皮肉だなと耕一は思った。

煙草に火を点け、扉の向こうの一等寝台車の方を窺った。ボリスコフの部屋は承知しているが、春燕の部屋はわからない。同室かもしれない、と勘繰って、ちょっと苛ついた。

大連駅で見たところ、一等寝台車には白人が四人、乗っていた。ボリスコフ以外の三人は、白系露人なのか欧州人なのか確認できていない。その中に、ボリスコフの仲間がいる可能性もゼロではないな、と耕一は思った。そこでふと思う。春燕もスパイなのか？

耕一は思わず笑いを漏らした。あまりに映画じみた考えだ。しかしあの美貌なのだから、満映のスター、李香蘭の向こうを張って大活劇の女主人公をやれば、似合いそうではないか。銃を携えて馬を駆る銀幕の春燕を想像し、頬が緩んだ。

列車が速度を落とした。沙河口駅に着くのだ。まだ大連市内だが、満鉄の車両工場もある拠点駅で、特急あじあ号を除く全列車が停車する。耕一は吸殻を廊下の灰皿に押し込むと、車室に戻った。

車室の扉を開けた途端、愕然として固まった。室内の座席に、辻村と向かい合い、諸澄少佐が足を組んで座っていた。

「どうした。君の席だろう。さっさと入りたまえ」

窓の外の沙河口駅のホームに顔を向けたまま、諸澄が言った。辻村は、仕方ないですよといった風に苦笑を向けた。耕一は憮然として車室に入り、扉を閉めた。

「どうしてここにいるんです」

「ここは、私の席でもあるんでね」

諸澄は、当然の如くに言ってのけた。耕一は思わず舌打ちしそうになった。偶然であろうはずがない。

「僕たちの席を確かめてから、車掌に言ってこっちに移ったんですね」

諸澄は口元だけで笑う。

「旅は道連れと言うじゃないか」

有難くない道連れだ。松岡総裁に諸澄から目を離すなと命じられてはいたものの、こういう立場は想定していなかった。

「ついでに言うと、他の客は来ない。この四人部屋は、我々で貸切りだ」

「車掌に因果を含めたわけですか」

大連駅の様子からすると、三等車は一杯だが、一、二等車の乗客は定員の半分ほどだ。多少の融通が利く状態なら、車掌は陸軍少佐の要請を断りはしないだろう。

列車はすぐに、沙河口駅を発車した。数十人の客が乗ったはずだが、諸澄の言った通り彼らの車室には誰も入ってこなかった。次は普蘭店（ふらんてん）まで一時間以上、停車しない。耕一は腹を括（くく）って座席にどっかりと座り、諸澄と向き合った。

「では、せっかくの道連れですから、改めてお聞きします。ボリスコフは、ソ連のスパイなんですか」

先制するつもりで、単刀直入にぶつけてみた。が、諸澄は一切動じることもなく、簡単に答えた。

「そうだよ。君たち、労農赤軍情報局って知ってるか」

辻村は、お手上げですと両手を広げた。彼にとっては専門外の世界らしい。が、耕一には多少の知識があった。

「聞いたことはあります。略称ＧＲＵ（ゲーエルウー）ですね」

「奴はどうも、そこに使われているらしい」

ボリスコフの身辺は、かなり調べられていたようだ。しかし、そんなことを平気で話す諸澄に、耕一は少なからず驚かされた。

「僕なんかにそこまで言っていいんですか」

「君が聞いたから答えたまでだ。君にしたって、満鉄の探偵なんだから全くの素人じゃないだろう」

満鉄の探偵か。何だか揶揄するような言い方だが、耕一は曖昧に頷いておいた。

「で、ボリスコフは何をしようとしてるんです」

「愚問だな。それを見極めるため、こうして張り付いているんじゃないか」

もっともな話だ。しかし、額面通りとは限らない。

「大連憲兵隊の柴田中尉を見ましたが、憲兵隊もボリスコフが何者か、承知しているんですね」

一応言ってみたが、当然のことだろう。諸澄は、面白くもなさそうな顔をした。

「ああ。部下を連れて、後ろの二等車に乗っているな。正直、邪魔な連中だ」

特務と憲兵は、やはりだいぶ仲が悪いようだ。特務機関の主な仕事は、敵の情報を探り出す諜報活動のはずだが、敵のスパイ活動を阻止する防諜も任務に含まれる。一方、防諜に関しては憲兵隊でも、主要な任務と位置付けられている。今回のように仕事が被れば、当然、角突き合わせることになるだろう。第三者として傍観する分には面白いが、巻き込まれるのはご免蒙りたい。

「君たちの狙いは何だ。ボリスコフを追いかけて、何をしようとしている」

今度は諸澄の方から聞いてきた。今さら隠すことはないので、すぐに答える。

「満鉄から持ち出されたと思われる書類の行方に、奴がどう絡んでいるのか、知りたいんですよ」

そんなことは、諸澄も既に承知しているはずだ。しかし、鋭い目で見つめ返され、落ち着かなくなった。こちらの答えに満足していないのが明白だった。

「そうか。まあいい」

諸澄は、敢えて追及しないことにしたようだ。ぷいと窓の方を向いた。列車は旅順線を分岐する周水子を通過し、新京へと延びる満鉄最大の幹線、連京線をひた走っている。

「憲兵もあなた方も、奴の正体がわかっていながらしょっ引かないのは、理由があるんでしょうね」

辻村が聞いた。諸澄の答えは、耕一の予想通りだった。

「奴一人捕らえても仕方がない。奴が属しているスパイ組織の全貌を摑んでから、一網打尽にしなければ、意味がない」

「なるほど、一発で全部潰そうって腹ですか。うまくいったら、大手柄ですね」

辻村が言った。揶揄が含まれているようで、耕一は冷や汗が出たが、諸澄が気にした様子はなかった。

「この列車に、ボリスコフの仲間が乗っているとお考えですか」

一等寝台車に乗っている三人の白人を思い浮かべて、聞いてみた。諸澄は、「さあな」と肩を竦めた。

「一等車には、奴を含めて十一人が乗っている。うち三人は、欧州人だ。ドイツ、フランス、ポーランドだな。無論、その中にソ連の手先がいる可能性はある」

「あれ、もう身元調べは済んでるんですか。さすがに仕事が早い」

辻村が変に感心したように言った。耕一は春燕のことを聞こうかと思ったが、やめた。彼女が乗っていることの意味を諸澄が承知していたとしても、耕一たちには喋らないような気がした。代わりに、ふと思ったことを聞いた。

「ここからは一等寝台車の様子が見えません。誰かあっちに見張りがいるんですか」

区分室の中はもちろん見えないが、ボリスコフの車室への出入りは監視できる。その必要はないのだろうか。

「君が心配することはないさ」

諸澄は、軽く躱した。やはり、手は打ってあるのだ。もしかすると、車掌やボーイなどの乗務員を使っているのかもしれない。

「あなたも一人で乗っているわけではないでしょう。加治軍曹も一緒ですか」

この問いかけにも、明確な答えは返ってこなかった。

「ああ、一人ではない。何人か、乗っている」

「それ、荷物車の兵隊さんも含まれてるんですか」

辻村が聞くと、諸澄は軽く否定した。

「あれはまた、別だよ」

別、というのが、別の任務を帯びているということなのか、別の誰かの命令で乗り込んだという意味なのか、判然としなかった。耕一は、前者と解釈した。

「危険なことが起こると、お考えなのでは」

踏み込んで、聞いてみた。諸澄は、手の内を見せなかった。

「起きないに越したことはないね。しかし、ここは満州だからな」

ちょうど二年前、哈爾浜発新京行きの夜行列車が、哈爾浜から五十キロほど南の双城堡近くで匪賊の襲撃を受けて脱線し、日本人乗客七名が拉致された事件があった。警乗兵はいたのに、多勢に無勢で阻止はできなかった。幸い、数日後に人質は救出されたが、抗日匪賊による列車襲撃は、その後も京図線など一部の路線で度々起きている。主要幹線では滅多にあることではないが、満州の曠野は警戒するには広過ぎた。

もう少し突っ込もうかと思ったが、諸澄は座席に沈み込むと、目を閉じた。取り敢えず、話は終わりという意味らしい。辻村は、やれやれとばかりに笑ってから、同じように目を閉じた。耕一は仕方なく、窓の外を見やった。満州の夕陽が、遠い稜線を赤く照らしている。大地は、どこまでも広い。

八

一八時一〇分に瓦房店を出てしばらくしたところで、ふいに諸澄が立った。

「食堂車へ行こう。六時半に予約してある」

諸澄は耕一と辻村の返事も待たず、車室の扉を開けて廊下に出た。二人は顔を見合わせ、仕方なく付き従った。二等座席車を通り抜けるとき、食堂車に近い側の座席に柴田中尉が座っているのを見つけた。一緒に四人掛けのボックスにいるのは、皆憲兵だろう。柴田はこちらに気付くと、睨みつけるような視線を向けてきた。諸澄は全く頓着せず、その横を通り過ぎた。耕一も、目を合わせないように注意した。

食堂車に入ると、食堂長が諸澄の名を確かめ、席に案内した。食堂車内は、通路を挟んで四人掛けのテーブルと二人掛けのテーブルが五卓ずつ、並んでいる。耕一と辻村と諸澄は、中央の四人掛けテーブルについた。

腰を落ち着け、ふと目を動かした耕一は、はっとして固まった。耕一の左側、一つ先の二人掛けテーブルに、春燕が座っていた。その向かいに座るのは、後ろ姿しか見えないが、白人だ。ボリスコフではない。もっと若い男のようだ。一等寝台車に乗る他の三人の欧州人乗客の一人に違いない。

春燕はこちらに気付いているはずだが、そんな素振りは見せなかった。一瞬たりとも動じた風はなく、向かいの客とワイングラスを前に談笑している。耕一の方が落ち着かなくなって、どうしますという目で諸澄を見た。諸澄は、気にする様子もなかった。寧ろ辻村の方が落ち着いていて、何も見ていないかのように装っていた。

食堂長が飲み物のメニューを持ってきた。予約客には定食が供（きょう）されるので、料理を選ぶ必要はない。諸澄はボルドー産のワインを頼み、耕一たちにそれでいいかと聞いた。あまり酔いたくはなかったが、断りにくい気がして、耕一は承知した。辻村は「奢りなら」と余計な一言を付け加えた。

ワインがくると、諸澄が味を確かめて頷いた。慣れた仕草だ。三人はグラスを掲げたが、特務機関の将校と乾杯するのは、どうも妙な感じだった。一方、ぐいっとワインを飲んだ辻村は、「さすが欧亜急行の食堂車、ええ酒ですねえ」などと悦に入っている。なかなかの度胸だよ、と耕一は内心で苦笑した。

「あまりあっちを見るな」

前菜をつつきながら、つい春燕の方を気にしていると、小声で諸澄に窘められた。慌てて視線を皿に戻す。やはり諸澄は、春燕が乗っていることを最初から知っていたのだ。

耕一と諸澄は、しばし黙って食事を続けた。辻村は一人で、「こりゃ旨い」だの「この前菜は秀逸」だのと愛想を振り撒いている。春燕と欧州人はというと、相変わらず楽しげに会話を続けている。ほとんど聞き取れはしないが、外国語で話しているのはわかった。どうやらロシア語らしい。辻村が小芳から聞いた通り、堪能なようだ。しかし、相手の男も通常の会話ができるほどロシア語に通じているのは、気になった。無論、だからと言ってソ連の手先であるとは限らないが。

主菜は煮込んだ肉料理で、悪くなかった。その味を堪能してデザートを待つ間に、春燕と相手の男が席を立った。目を合わせないように、と思ったが、そっぽを向くのは却って不自然だ。前を向いた姿勢のまま、目だけ動かして春燕と男を見た。男は四十手前くらいの金髪碧眼で、髪は少々薄くなっている。スラブ民族には見えなかった。ドイツ人かフランス人のどちらかだが、きちんとネクタイを締め、隙(すき)が無く堅苦しい服装から、ドイツ人だろうと推測した。

　春燕は、襟にレースの縁取りが付いた白いブラウスに、花柄の散った薄紫のスカートという姿だった。旗袍を着ているときは紛れもない中国美人だが、この装いなら、東京の銀座を闊歩(かっぽ)していても、日本人のモダンガールにしか見えないだろう。

　耕一の脇を通りざま、春燕の目が耕一に向いた。耕一は、どきりとした。春燕が、耕一に微笑を投げたように見えたのだ。微笑を返そうか、ほんの一瞬迷ううちに、春燕と連れの男は行ってしまった。

　耕一は向かいの諸澄の顔色を窺った。相変わらず、微(かす)かな動きさえ見せていない。この男の腹を探るのは、至難の業(わざ)だ。耕一は、諦めて窓の外を見た。どのみち、他の客がいる食堂車で込み入った話はできない。食事の間に列車は温泉で有名な熊岳城(ゆうがくじょう)に停車し、今は次の停車駅、大石橋(だいせっきょう)へと向かっている。日はもう、とっぷりと暮れていた。

　車室に戻ると、既に寝台がセットされていた。辻村はさっさと、僕が上に行きますと言って自分の鞄を上段に放り上げた。耕一はベッドに腰を下ろし、諸澄と向かい合うとすぐに切り出した。

「さてと。あの春燕は、いったい何者なんですか」

諸澄は、面白がるように耕一を見返した。

「気になるか。まあ、確かに美人だからな」

「はぐらかさないでください。ただの女給でないことぐらい、僕でもわかります」

「ただの女給でないとしたら、何だね」

諸澄が聞き返した。

「彼女は、こちら側で働いてるんですか。それとも、向こう側ですか」

言わんとする意味は当然わかっているだろうが、諸澄は知らん顔だ。

「この列車での彼女の役割は、何なんですか」

畳(たた)みかけたが、諸澄は眉一つ動かさない。

「まあそう焦ることもあるまい。そのうちわかるさ」

馬鹿にされているような気がして、耕一は苛立ってきた。

「さっき食堂車で春燕と一緒だったあの男。何者ですか」

「彼か？　ゲルハルト・クラウザー。ドイツ人で、ジーメンス社の技師だ」

耕一は眉を上げた。諸澄は、いつの間にか旅券と身分証を調べたらしい。

「春燕は、どうしてその男に近付いたんですか」

「さあね。同じ一等車の客だ。クラウザーが食事に誘ったんじゃないか」

耕一は唇を噛んだ。とぼけられているようだが、クラウザーは本当に魅力的な女性を誘っただけなのかもしれない。耕一には、何とも判断がつかなかった。

「もう一度言うが、そう焦るな。やがてわかる」

薄い笑みと共に言うと、一言付け足した。

「必要があれば、だがな」

やはり諸澄は全部を話す気はないのか。耕一はむかっ腹を立てたが、諸澄は取り合おうとせず、靴を脱いで寝台に横になった。顔を上げると、上段で腹這いになってやり取りを聞いていた辻村が、ニヤニヤとこちらを見下ろしていた。


耕一はまるで諸澄と互いを監視し合っているような状況に、嫌気がさし始めていた。諸澄は寝台に横になって目を閉じているが、おそらく寝てはいるまい。上段の辻村も、静かだ。部屋を出て、一等寝台車の様子を窺いに行きたかったが、諸澄が止めるか、ついてくるだろう。諦めて、持ってきた本を読み始めた。が、字面を追うだけで中身は一向に頭に入ってこなかった。

耕一は本を閉じ、諸澄に声をかけた。

「諸澄さん。あなた方は、一等寝台車の客全員の身元を確認しているんですか」

答えが返ると期待したわけではない。しかし、諸澄は目を閉じて寝ころんだままで言った。

「どうしてそう思う」

「クラウザーの旅券を調べたんでしょう。あいつが特別怪しいという理由があれば別ですが、でなければ、全員を調べているんじゃありませんか」

諸澄は、薄目を開けて耕一の方に頭を向けた。

「君の言う通りだ。調べてある。聞きたいのか」

「是非とも」

寝ているのかと思った辻村が、上から顔を覗かせて言った。諸澄は躊躇うこともなく、すらすらと並べた。

「一号室はクラウザーだ。二号室が、知っての通りボリスコフ。三号室は、ポーランド人の貿易商、レオン・シマノフスキ。四号室は、フランス人の記者でマルセル・デュナン。五号室は空室。六号室から九号室は日本人で、七号室と八号室の客は夫婦連れだ。十号室と十二号室も空室。十一号に春燕がいる。九号室の日本人は役人で新京で降りるが、後は哈爾浜まで行く」

欧州人だけ職業姓名が明らかなのは、やはり口実を設けて、旅券や身分証を全て検めたのだろう。欧州人が前部、日本人と春燕が後部に集まっているのは、寝台券販売時の配慮か、何らかの指示があったのか。

「この中に、ボリスコフの仲間がいると思われるんですね」

そう思わなければ、身元調べなどするまいと思ったが、諸澄は明言しなかった。

「そうであった場合の用心だ。何事も、調べておくに越したことはない」

それだけ言うと、諸澄はまた目を閉じた。耕一はそれ以上聞くのを諦め、寝台に転がった。


窓の外に灯りが増え、列車の速度が落ちた。腕時計を見ると、午後十時二十五分になるところだった。奉天に着いたのだ。耕一は寝台から起き上がった。奉天では十分停車する。ホームへ出て体を伸ばすのも悪くない。

奉天は七十万を超える人口を擁(よう)する、満州最大の都会である。この駅で欧亜急行を下車する乗客も多く、遅い時間だがホームは賑わっていた。耕一はホームに降り、駅構内を見渡した。駅舎は豪壮な煉瓦(れんが)造りで、頭上には、四本あるホームを繋ぐ階上待合室が覆いかぶさっている。ホームの少し前の方では、一等寝台車から降りた三人の欧州人の姿が見えた。一人は煙草を吸い、一人は体操し、あと一人は満人の物売りと何か話している。

「ボリスコフは見えませんね」

傍(かたわ)らに寄った辻村が、煙草をふかしながら言った。

「用心してか、車室に閉じこもってるようだな」

「まあ、寝てんのかもしれませんし。あっちは仕事熱心みたいですけど」

さりげなく辻村が後ろを示すので目を移すと、雑踏の向こうから柴田中尉がこちらを睨んでいた。我々を見張っているのか、ボリスコフが出てこないか監視しているのか、どちらだろう。耕一は気付かないふりをして、煙草に火を点けた。

「何か気になるものでもあったか」

いつの間に来たのか、後ろから諸澄の声がした。

「柴田中尉が、こっちを見ています」

目でホーム後方を示すと、諸澄は、ふんと鼻を鳴らした。

「放っておくさ。離れている分には、害はない」

諸澄は言い捨てるようにして、客車に戻った。欧州人たちも、自分の車両に戻ろうとしている。時計を見ると、発車一分前だった。


欧亜急行は、奉天を定時に発車した。車内の乗客たちは、そろそろ寝る支度(したく)にかかるだろう。向かいの寝台の諸澄は、横になってはいるものの、相変わらず寝ているのか起きているのか、わからない。耕一もまた横になったが、目が冴えて寝付けなかった。状況を考えれば、のんびり寝ている方がおかしい、と言われるだろう。

だが、腹が据わっているのかいい加減なのか、上段からは辻村の鼾が聞こえてきた。

鐵嶺、開原と、何事もなく過ぎた。もう十二時を回っている。耕一は手洗いに立ったついでに、そっと一等寝台車の扉を開けて、廊下に立ってみた。十一人の客は寝入ったのか、列車の音以外は静かだ。十一号室の扉に目がいった。春燕も、もう寝たのだろうか。ボリスコフを監視するなら、少しばかり部屋が離れ過ぎている。まさか、ボリスコフの部屋にいるわけではあるまいが……。

つまらない考えに自ら苦笑し、耕一は踵を返した。俺はもしかして、妬いてるんだろうか。

午前三時七分、いつの間にかうとうとしていたらしく、夢うつつのうちに新京に停車した。満州国の首都であるが、人口は奉天の半分ほどであり、深夜のためホームに人影はほとんどなかった。一等寝台車の日本人一人がここで降りるということだが、敢えて確認する気は起きなかった。

列車の前方では、機関車の付け替えが行われているはずだ。大連からここまでは、急行用の重量級機関車、パシコ形が牽引してきたが、新京から哈爾浜までは、旧型のパシイ形に代わる。新京以北は満鉄ではなく満州国有鉄道で、満鉄が経営委託を受けているのだが、少し前までソ連の経営であった。昭和十年三月に譲渡され、線路をソ連式の広軌から満鉄の標準軌に敷き直したのが、ちょうど一年前。まだ線路改良が進まず路盤が弱いため、重量級の大型機関車は入線できないのだ。満鉄が誇る特急あじあ号でさえ、この区間ではあの有名な流線型機関車から、旧型機に代えなくてはならない。

三時一二分、機関車交換を終えた欧亜急行は、哈爾浜を目指して再び進み始めた。ホームの灯りが後方へ流れていくのをぼんやり眺め、耕一はまたまどろんだ。

九

異変が起きたのは、そのしばらく後だった。諸澄が急に起き上がる気配がして、耕一は頭を持ち上げた。寝台のランプを点け、腕時計を見る。午前三時四十分。新京を出て、三十分ほどだ。外は月明かりがあるが、灯火一つも見えない。

「どうしたんです。何か見えるんですか」

欠伸（あくび）をしながら聞いてみた。窓に向けた諸澄の顔は、緊張していた。

「銃声みたいなものが、聞こえなかったか」

「銃声ですって？」

さすがに目が覚めた。上でも気配がして、頭を掻きながら辻村がこちらを見下ろし、呟いた。

「そう言うたら、何かそんな音がしたような……」

「おそらく一等寝台車だ。行くぞ」

諸澄はもう靴を履いている。耕一は慌てて身支度し、諸澄の後を追って車室から飛び出した。後ろで、辻村が床に飛び降りる音がした。

一等寝台車に飛び込むと、十一号室の扉が開いて春燕が顔を出していた。部屋着や寝間着ではなく、きちんとブラウスとスカートを着けている。寝ていなかったようだ。その先でも幾つかの扉が開いて、乗客たちが心配げな顔を突き出していた。

「銃声だったか」

春燕の顔を見るなり、諸澄が聞いた。

「そう思います」

春燕は、迷うことなく答えた。諸澄は頷き、ボリスコフの二号室の扉が閉まったままなのを見て、そちらに行こうとした。そのとき、扉の開いた八号室から日本人乗客の叫び声が上がった。

「何だあれは！」

その乗客は、車室の窓の先を指している。耕一はデッキに戻り、車室と同じ側の乗降扉の窓から外に目を凝らした。そして、ぎょっとした。月明かりに、数十頭の騎馬隊の黒々とした影が見えた。列車に追い付こうと並行に走っている。一等寝台車から、また叫びが聞こえた。

「匪賊だ！　匪賊の襲撃だ」

婦人客が悲鳴を上げた。耕一は、急いで廊下に戻った。二年前の襲撃事件が頭をよぎる。あれも、この京浜線で起きた。まさか今夜、それと同じようなことが起きるとは。

「こら、まいったな」

辻村が外を見て、渋い顔をした。

「詫間君！」

諸澄が大声で呼んだ。

「君、機関車に行けるか」

あまりに唐突で、驚いた。

「機関車って……行けなくはないですが、どうするんです」

「機関士に、絶対に列車を止めさせるな。止めたら、奴らの思う壺だ」

「え、止めるなって、一昨年みたいに線路を壊されたら、止まらないと脱線転覆して大変なことに。この客車は木造車体で、衝撃に弱いんですよ」

「奴らには、この列車を転覆させる気はない。止めようとするだけのはずだ。だから、そうさせてはいかん」

「わ……わかりました」

何を根拠に諸澄がそう言うのかわからなかったが、異論をぶつけられる状況ではなかった。耕一は、前方に走り出そうとした。

「あ、そういうことやったら、僕が行きます」

辻村が大声で言った。振り返って、ぎょっとした。辻村の手には、黒光りする自動拳銃が握られていた。

「そんなもの持ってたのか」

「ええ、まあ。荒っぽいことが起きてもええように、用心ですわ。持っといて良かった」

辻村は拳銃を振りながら歯を見せた。そんな気軽に言う代物（しろもの）ではないと思うが。

「ブローニングか。君もそれなりに場数を踏んでるようだな」

諸澄は辻村の銃を見て言い、自分も拳銃を出した。こっちは陸軍制式の十四年式拳銃だ。

「だから、任せてもろたら……」

「いや、やっぱり僕が行く」

辻村が、どうしてと顔を顰めた。

「君が行っても、怪しい奴と思われる。機関士は従わないだろう。僕は本社員だから大丈夫だ」

辻村は自分の服装を見て、ごもっともと舌打ちした。耕一はその肩を叩いて、走り出そうとした。

「ちょっと待て。こいつを持っていけ」

諸澄が拳銃を投げて寄越した。受け取ると、ずっしり重い。耕一はちょっと逡巡したが、ベルトに拳銃を挟んで駆けだした。

郵便荷物車の扉は、荷物掛車掌の手で開けられていた。傍らに立つ若い車掌は、青ざめている。耕一は車掌の肩を叩き、郵便室を駆け抜けて荷物室に飛び込んだ。そして中の光景を見て、驚いた。

荷物室の車体の扉は開け放たれ、数人の兵士が外に向けて銃を構えていた。その中央に据えられたものに、耕一の目は釘付けになった。軽機関銃だ。こんなものを積み込んでいたとは。

「詫間さん！」

兵士の中に唯一、私服の男がいた。顔を見ると、加治軍曹だった。

「機関車に行きます」

耕一が怒鳴ると、加治は頷いて通り道を開けた。

「気を付けて」

加治に頷き返し、開いた扉口から外を見た。匪賊の部隊は、次第に列車との距離を詰めている。時間がない。耕一は、次の荷物車との境の扉に、飛び付いた。

二枚の扉を引き開け、車内に入った。大連駅で増結された、兵士が乗った車両だ。中では、二十人以上の兵が配置についていた。外に向かって開いた扉口には、やはり軽機関銃が据えてある。擲弾筒を構えた兵もいた。分隊どころか、丸々一個小隊が乗り込んでいたらしい。

「あなたは？」

指揮官らしい将校が、誰何してきた。耕一は満鉄の職員証を掲げた。

「満鉄の詰間です。諸澄少佐の指示で、機関車に行きます」

「わかりました。できるだけ身を低くして行ってください。奴ら、もう撃ってきます」

鉄道守備隊らしい、中尉の階級章を付けた二十五、六の将校が言った。ぞっとするような話だが、今さら躊躇していられない。耕一は礼を言って荷物車を通り抜け、最後の扉を開けた。

目の前に、真っ黒い炭水車があった。耕一は振り落とされないように注意しながら、梯子(はしご)に手を掛けた。

列車の轟音(ごうおん)に混じって、銃声が聞こえた。耕一は身を竦めた。匪賊が発砲を始めたようだ。列車を止めるつもりなら、狙うのは機関車だろう。自分が標的になった気がして、冷や汗をかいた。格好つけて飛び出したものの、本当はこんな荒事(あらごと)は苦手だった。やはり辻村に任せた方が良かったか、と思ったが、もう遅い。

何とか炭水車によじ登り、積まれた石炭の上を這い進む。機関士と電話で話すことができればいいが、そんな気の利いた設備はない。悪態をつきながら、運転台目指して進んだ。すぐ脇で炭水車の外板に銃弾の命中する音がして、一瞬身を縮めた。

おそろしく時間がかかった気がしたが、せいぜい一分くらいだろう。ようやくのことで運転台を見下ろすところまで来た耕一は、機関士に怒鳴った。

「おーい、そこへ下りるぞ」

銃弾を避けて半ば身を伏せながら運転していた機関士と機関助士が、仰天した様子で振り向いた。その間に、耕一は飛び降りた。

「な、何だあんたは」

標的にならないよう床に屈(かが)み、唖然(あぜん)とする機関士に告げた。

「本社の詰問です。間もなく兵隊が応戦します。このまま、突っ走って下さい。絶対に止まっては駄目です」

機関士は目を丸くして耕一を見つめたが、大きく頷いた。

「わかった。任せろ」

機関士は手を伸ばし、加減弁ハンドルを調節した。銃弾が運転台側面に当たる音がした。

「俺は、永倉(ながくら)だ」

機関士が名乗った。鼻の下に髭を蓄えた、胡麻塩頭(ごましおあたま)のベテランだ。なかなかの面構えで、匪賊如きが何だ、とその目が語っている。

「自分は、洪(こう)です」

続いて機関助士も名乗る。こちらはまだ二十歳(はたち)前後らしく、さすがに脅(おび)えが見えた。しかし、永倉のことは信頼しているようだ。懸命に石炭をくべ、仕事を全(まっと)うし続けていた。この二人は、誇りを持った職人(プロ)らしい。これは頼りになりそうだ。

「もっとスピードを上げられませんか」

匪賊の影が迫り、耕一はつい声を上げた。だが、そんなことは永倉も当然承知だろう。

「これで一杯だ。あんたも知ってるとは思うが、この辺は路盤が弱い。無理すれば、それこそ脱線しかねん」

永倉が、騒音に負けないよう大声で言った。耕一は歯軋(はぎし)りした。新京以南なら時速百キロ以上でも出せるが、今は六十キロかそれを少し下回るくらいだろう。この速度なら馬でもどうにか追える。相手も、当然それを承知で来ているのだ。

先頭の匪賊が、炭水車の位置まで迫った。こちらに向けた銃が月明かりに浮かんだ、と思った瞬間、発砲炎が上がった。

「あッ、畜生ッ」

永倉が、呻いて蹲った。耕一は蒼白になった。撃たれたのか。だが、永倉はすぐに背筋を伸ばした。

「大丈夫だ。腕をかすった」

見ると、制服の袖が裂け、血が滲んでいた。永倉の言うように命中はしていない。ほっとしたが、外に目を戻すと、さっきの匪賊が次を撃とうとしていた。真っ直ぐ耕一を狙っているように見える。耕一はその場で凍りついた。

撃たれる、と思ったとき、すぐ後ろの荷物車から火線が迸り、銃を構えていた匪賊は横に飛ばされて闇の中に消えた。危険を承知で運転台から首を出し、後ろを見た。荷物車から、発砲炎が次々に閃く。鉄道守備隊の兵士が、匪賊たちが横に並ぶのを待って、一斉に応戦を始めたのだ。たちまち十騎ほどが機関銃になぎ倒され、耕一は快哉を叫んだ。

「何だありゃ。機関銃か」

永倉が、驚きの声を上げた。そうですと言おうとしたとき、匪賊の馬列の後方で爆発が起こり、また数騎が吹っ飛んだ。擲弾筒らしい。

「おいおい、あんなもんまで持ち込んでたのか」

永倉が、呆れたように首を振った。洪も石炭をくべる手を止め、目を丸くしている。

「あんな装備で乗り込んでるってことは、襲われるのを承知してたんだな。だったら最初からそう言えってんだ。関東軍も人が悪いぜ」

永倉が悪態をついた。至極もっともだ。後で永倉に代わって諸澄に文句を言ってやらねば。

そのとき、機関銃の銃火をかいくぐった一騎が、運転台のすぐ後ろに寄せてきた。荷物車の射線からは、死角になる位置だ。運転台の灯りで、銃を構えた匪賊の髭面がぼんやり見える。そいつが、笑ったような気がした。

猶予（ゆうよ）はなかった。耕一はベルトから拳銃を抜き、匪賊に向けて続けざまに引き金を引いた。パン、パンと銃声が運転台に響き、匪賊が落馬して転がった。命中したかどうかはわからないが、これで大丈夫だ。耕一は拳銃を下ろし、大きく肩で息をした。全身に震えが走る。実のところ、人に向けて撃ったのは初めてだった。

「本社のインテリさんにしちゃ、やるじゃないか」

永倉が耕一の方を向いて、白い歯を見せた。

発砲音が下火になり、耕一は後ろの様子を窺った。匪賊たちは、馬首を巡(めぐ)らせて遠ざかりつつあった。よくは見えないが、半分くらいに減っているようだ。おそらく、小銃を持つだけの数名の警乗兵しかいないと踏んでいたのが、二挺(ちょう)の機関銃と擲弾筒まで持った完全装備の一個小隊を相手にすることになり、分(ぶ)が悪過ぎると襲撃を中止したらしい。耕一は安堵(あんど)のあまり、運転台の床に座り込みそうになった。

「どうやら、切り抜けたらしいな」

永倉が周りを見回して、言った。

「永倉さん、腕は大丈夫ですか」

洪が心配そうな声を出した。永倉は「文字通りのかすり傷だ。どうってこたァねえ」と、腕を振り回してみせた。洪は微笑み、石炭をくべ続けた。

「おい詫間さん、もうちっと走れば米沙子(べいさし)の駅だ。そこで一旦止めて、機関車を点検したいんだが、いいか」

永倉が尋ねてきた。この機関車も何発も銃弾を受けており、この先の運転に支障がないか確認する必要があるのだ。乗客が無事かどうかも気になった。

「もちろん、いいです。襲撃を通報しなくてはなりませんし」

永倉は頷き、前方に視線を戻した。耕一は三人とも無事だったことに加え、帰りは炭水車の上を這っていかなくてもいいことに感謝した。

米沙子駅に入ると、永倉は慎重にブレーキ弁を扱った。幸い、制動装置に異常はないようで、機関車は永倉の操作する通りに速度を落とし、出発信号機の手前で停止した。

「ふう、やれやれ」

耕一は、つい声に出した。それを耳にした永倉が、耕一の背中をどん、とどやしつけた。

「お疲れさん」

永倉はニヤリと笑うと、運転台から飛び降りた。通過するはずの欧亜急行が停車するのを見て、驚いたらしい駅長が駆け寄ってきた。耕一は洪に労(ねぎら)いの言葉をかけて、ゆっくりと運転台を降りた。駅長に事の次第を説明する永倉に手を振り、耕一は客車の方へ歩いていった。

「無事でしたか」

荷物車の横を通りざま、上から声がかかった。顔を上げると、さっきの中尉がこちらを見ていた。

「ええ。だいぶ撃たれましたが、おかげさまで大丈夫です。撃退していただいて、ありがとうございました」

深く一礼すると、中尉ははにかむような笑みを浮かべ、「ご苦労様です」と敬礼を返してくれた。

一等寝台車のところに着くと、諸澄と辻村がホームに降りて待っていた。加治も一緒だ。

「おう、詫間君。ご苦労だった。怪我(けが)はないか」

耕一に気付いて、諸澄が歩み寄った。顔つきは厳しいが、心配してくれてはいるようだ。耕一は、拳銃を返して言った。

「僕は大丈夫です。機関士はかすり傷を負いましたが、大したことはありません」

「そうか。そりゃ良かった。乗客にも、被害はなさそうだ」

続いて辻村が、耕一を頭から爪先まで眺めてから言った。

「確かに怪我はないみたいですね。詫間さんも、結構度胸があるじゃないですか」

馬鹿にしてんのか、と耕一は笑って、辻村を肘で小突いた。辻村が大袈裟(おおげさ)に痛がる。その横で諸澄が、周りを手で示して言った。

「ここに止めたのは、点検と連絡のためか」

「そうです。今、機関士が駅長と話しています。駅長から新京と哈爾浜へ、鉄道電話で知らせることになるでしょう」

　諸澄が頷いた。

「わかった。機関車はどうだ。何発か当たったようだが、運転に支障はないか」

「これから機関士が点検しますが、機関砲とかでなく、小銃弾ですからねえ。余程当たり所が悪くなければ、大丈夫でしょう」

　諸澄は、安心したように「そうか」と言った。このまま運転中止になることは、避けたかったようだ。耕一は、車体の方に目を向けた。見た限りでは、開いている窓はあるがガラスは割れていないし、弾痕のようなものもない。

「客車は、撃たれなかったんですか」

「少なくとも、一等寝台車と二等寝台車は撃たれていないようだ」

「こいつは使わなくて済みましたよ」

　辻村がベルトに差したままの拳銃を叩いて言った。相変わらず気軽な口調だが、だいぶほっとしているようだ。そこへ春燕が寄ってきて、耕一に微笑みかけた。

「詫間さん、大層なご活躍でしたね」

　耕一は、諸澄と辻村が見ているにも拘わらず、頰を熱くした。

「いや、活躍というほどでは。機関車で身を縮めていただけです」

「それでも、撃ち返すぐらいはしたようだな」

拳銃を検めた諸澄が言った。春燕が「まあ、すごい」と賞賛する表情を見せたので、ますます顔が熱くなる。口笛を吹こうとした辻村を、足で蹴って下がらせた。

「でも詫間さん、お着替えはお持ちですか」

え、何だ、と思って自分の服を見ると、シャツもズボンも真っ黒だった。炭水車の上を這いずったのだから、当然だ。きっと顔も真っ黒だろう。耕一は、照れ笑いをした。

「後で顔を洗って着替えます。ご心配なく」

春燕は、明るく笑った。ホームに出た他の乗客は、皆青い顔をしていたり、九死に一生を得た安堵で気が抜けたようになり、煙草を持つ手を震わせていたりするのに、春燕だけは普段と変わらない。どういう肝っ玉をしてるんだ、と耕一は舌を巻いた。

ばたばたと音がして、後方から四人の男が小走りでやってきた。柴田中尉以下の私服憲兵だ。諸澄は、路傍の犬猫でも見るような目を彼らに向けた。

憲兵たちは、諸澄の前に出ると姿勢を正した。さすがに周りを気にしてか、敬礼はしない。

「少佐殿。匪賊どもは撃退しました。奴らは後で我々関東憲兵隊が全力を挙げて追い詰め、掃討いたします」

まるで自分たちだけが応戦したような口ぶりだ、と耕一は失笑しかけた。諸澄は、厳しい顔になって柴田の正面に立った。

「君らも、応戦したのか」

「無論であります」

柴田は拳銃を示し、胸を反らした。耕一は、また呆れた。拳銃は接近戦用の武器だ。さっきのように機関車のすぐ傍まで寄った相手に撃つのとは違い、離れたところを騎乗して全力で走っている相手に使っても、ほとんど弾丸の無駄だ。

「どこから撃った。乗っていた二等車からか」

「そうでありますが」

柴田が怪訝な顔をした。だから何だ、と問うような様子だ。そこへ諸澄の怒声が飛んだ。

「そこから撃って、相手が撃ち返してきたらどうするのだ。二等車に弾丸が集中して、乗客に犠牲が出るではないか。そんなことも考えなかったのか！」

その配慮もあって、諸澄は客車から離れた荷物車に兵員を集中させていたのだろう。それが台無しになるところだったと気付いた柴田は、あっ、という顔になって強張った。

「も……申し訳ありませんッ」

「二等座席車の乗客は、無事なのか」

「は、はい。何発か撃たれましたが、乗客には命中しませんでした」

「運が良かったな」

諸澄はもう一度柴田を睨みつけてから、耕一の方を向いて、これだから憲兵は、と言うように口元を歪(ゆが)めた。後ろで加治が、ニヤリとする。辻村も冷笑し、柴田らに聞こえない程度の声で「アホな連中や」と呟いた。叱責(しっせき)を受けた柴田は握った拳(こぶし)をぶるぶると震わせ、諸澄に一礼すると、踵を返して二等車に戻りかけた。

そのとき、一等寝台車の乗降口から、転がるように降りてきた者がいた。制服姿の車掌だ。車掌は諸澄を見つけると、大慌てで駆け寄った。どうやら諸澄が何者か、承知しているようだ。諸澄が乗客の身元をどうやって調べたか、これでわかった。

「しょ、少佐殿。大変です」

車掌は真っ青になっている。諸澄が険しい声で聞いた。

「どうした。何があった」

車掌は震え声で答えた。

「二号室の乗客が、亡くなっています」

十

車掌を先頭に、諸澄と加治、耕一と辻村と春燕が急いで車内に入り、二号室に急いだ。扉は開けられている。諸澄が室内に踏み込み、「くそっ」と呻いた。耕一は、諸澄の肩越しに中を覗き込んだ。

部屋は左側、つまり進行方向と反対側に寝台が設(しつら)えられている。椅子(いす)や洗面台のような設備はない。ボリスコフは寝台ではなく床に、壁を背にして座る形で、頭を扉側にして横ざまに倒れ込んでいた。目は見開かれ、額(ひたい)のやや上に銃創(じゅうそう)があった。窓は一杯に開けられたままだ。

諸澄がボリスコフの隣に屈み込んだ。死んでいるのは耕一の目にも明らかだ。

「弾丸は貫通してないな」

諸澄は呟くように言った。貫通していれば後頭部が破裂し、血と脳漿(のうしょう)が部屋中に飛び散っていただろう。そんな光景を見せられずに済んで良かったと、耕一は思った。耕一は車掌に向き直り、満鉄の職員証を示した。

「あなた、専務車掌ですか」

「はい、旅客専務の門田(かどた)です」

　五十手前と見える旅客専務は、生真面目（きまじめ）そうな顔に困惑を浮かべて答えた。

「どうして異変に気付いたんです」

「はい、お客さんが皆無事かどうか確かめていたんですが、この車室だけノックしても返事がないもんで、もしやと思ってボーイに鍵を開けさせたんです。そうしたら、こんなことに」

「鍵がかかっていたんですね。間違いないですか」

　門田は首を巡らせ、廊下の先に向かって「劉（りゅう）君！」と呼ばわった。間もなく、白いボーイの制服を着た満人らしい青年が駆け付けた。

「はい」

「さっき君が合鍵を使ってここを開けたとき、間違いなく鍵はかかってたか」

「え？　はい、間違いありません」

　劉は、なぜそんなことを聞くのかという顔をした。

「ああ、いや、それならいいんだ」

　門田に代わって耕一が言うと、劉はそのまま下がった。

「襲撃のとき、あなたはどこに」

　改めて門田に尋ねる。

「車内を駆け回って、お客さんに身を伏せるよう言って回っておりました」

門田も、旅客専務としての使命を果たしていたということだ。

「じゃあ、一等寝台車の各車室にも声をかけたんですね。そのとき、この部屋の扉はどうなってました」

「閉まっていました」

「応答はありましたか」

門田はちょっと首を捻ってから答えた。

「いえ……なかったと思いますが、何しろ急いでいたもので」

そこで加治が耕一の袖を引いた。

「詮間さん、勝手に尋問を進められては困ります。少佐の指示を待って下さい」

自分は満鉄社員としての仕事をしているので、少佐の部下ではないんだが、と思いむっとしたが、ここで喧嘩しても始まらない。耕一は素直に従った。

後ろがざわついた。見ると、柴田たち憲兵が部屋に押し入ろうとしている。

「何だ君たちは。さっさと部屋に戻りなさい」

柴田の声が聞こえた。どうやら、春燕と辻村に指図しているらしい。

「ああ、いいんだ。構わないでおいてくれ」

諸澄が部屋の中から言った。柴田が顔を出し、ボリスコフの死体を見て目を剝いた。

「何てことだ」

柴田は門田を押しのけ、部屋に入ろうとした。加治が立ちふさがる。

「邪魔するのか、貴様」

柴田が憤然として加治に噛みついた。加治は、微動だにしない。

「まあそういきり立ちなさんな」

諸澄がのっそり立ち上がり、柴田の前に顔を突き出した。柴田が、気圧(けお)されたように一歩引いた。

「ボリスコフが死んだとなれば、我々も放置できません。中を調べます」

「君たちは、ボリスコフについて何を知ってる」

諸澄に問われ、柴田は口籠(くちごも)って周りに目を走らせた。民間人である耕一や乗務員の前で、そんな話を口にしていいのか、と言いたいようだ。一方、諸澄は頓着しなかった。

「君たちは塙に目を付けていた。すると、塙がボリスコフと接触するのを見た。それでボリスコフを尾け回すことにした。詫間君に事情聴取したのも、その流れだろう。違うか」

「は、概(おおむ)ねその通りでありますが……」

柴田は当惑気味に肯定した。やはり、憲兵は上(うわ)っ面(つら)しか摑んでいなかったようだ。塙が殺されたのを逆に好機とみて、警察の動きを押さえ、周辺を掘り起こそうとしたのだろう。

「その程度しか承知していないのなら、ここは我々の邪魔をしないでもらいたい。これは、我々の行っている作戦に大きく関わっている」

諸澄が、きっぱりと言った。柴田は明らかに不満そうで、食い下がろうとする。

「その作戦とは、何でしょうか」

「防諜に関する大掛かりなものだ。それ以上は言えん」

「我々憲兵隊も、東條司令官閣下より、対ソ防諜に関しては強く命じられております」

昨年関東憲兵隊司令官に補された東條英機少将はなかなかの切れ者で、親共・反満抗日分子の摘発に特に注力していると、小耳に挟んでいる。対ソ防諜も、その一環と言えばその通りだ。が、諸澄は一蹴した。

「だったら尚更、我々の防諜作戦を阻害するようなことになれば、趣旨に反するだろう」

「いや、しかし……」

「そもそも、抗日分子の討伐が、君たちに課せられた主たる任務ではないのか。であれば、さっき君自身が言ったように、襲撃してきた匪賊を追って討伐するのがまず先だろう」

　正論なので、柴田はぐっと詰まった。

「どうなんだね、中尉」

　諸澄は、「中尉」と言うとき、語調を強めた。階級に物を言わせる気だ。

「おっしゃる……通りであります」

　柴田の歯軋りが聞こえそうだった。諸澄は追い討ちをかけるように言った。

「では、本来の任務に戻りたまえ。ここは心配いらん。我々が間違いなく処置する」

　柴田は怒りも露わに敬礼すると、さっと背を向けて一等寝台車を出ていった。

「やれやれ、まったく面倒臭い連中だ」

　諸澄が、憲兵の行った先を顎で示し、鼻で嗤った。廊下にいた春燕が、口にハンカチを当ててくすっと笑った。辻村は相変わらずの薄笑いで、顎を撫でている。

「さてと」

　諸澄は、門田に向かって言った。

「機関車に問題がなければ、出発してもらって構わん。発車するときは、乗客が全員列車に戻ったかしっかり確認してくれ」

　誰も逃がすな、という意味らしい。門田は「はい」と頷いた。

「それから、この車室には誰も近付けんでくれ」

「わかりました。ボーイに見張らせます。両隣のお客さんは、移動してもらいますか？」

「いや、哈爾浜までそのままでいい」

門田は、承知しましたと敬礼して廊下を歩み去った。春燕も、耕一に軽く頭を下げ、この場に似つかわしくない優雅な足取りで、自室に帰った。辻村はそれを見送ってから、するりと車室に入った。加治は咎めず、そのまま外から扉を閉めた。前で張り番をするようだ。室内に残った三人は、死骸を囲んで額を寄せる格好になった。

諸澄は、寝台に腰かけて死骸を指差し、耕一に言った。

「詫間君、どう思う」

「状況からすると、匪賊に撃たれたように思えますが……」

耕一は窓を示した。そこから撃たれた、と考えるのが、まず普通ではある。

「匪賊がボリスコフを狙った、というのかい」

耕一は、少し考えてからかぶりを振った。

「いや。ボリスコフは武器を手にしていない。彼だけを狙う理由がありませんね。匪賊がボリスコフが何者か知っていたとも思えない。彼だけを狙う理由がありませんね」

諸澄も同意を示した。

「そうだな。それに、射手も標的も、数十メートルの距離をおいて時速六十キロ近くで走っているんだ。そんな中で正確に眉間(みけん)を撃つなんて、できる芸当じゃない」

「では、流れ弾でしょうか」

諸澄はこれも否定した。

「この車体には、他に弾痕がない。この車両に向けて撃たれたのが一発だけで、それがたまたまボリスコフの眉間に命中するなんて偶然、あると思うかい」

諸澄の言う通りだ。しかし、外からではないとすると……。

「そしたら、この列車に乗っていた誰かの仕業ちゅうことになりますね」

それまで耕一と諸澄のやり取りをじっと聞いていた辻村が、言った。

「正直、その可能性が高い」

諸澄は、断定するような口調で応じた。

「君たち、何か死体を見て妙に思うことはないか」

耕一は、眉根(まゆね)を寄せた。こちらの頭を、試そうというのか。まあ別に構わないが。

「そうですね。犯人が車内にいたとすると……」

耕一は改めて、死体に目をやった。

「死体の向きですね。この形だと、壁を背にして撃たれ、そのままずるずると滑り落ちて床に倒れ込んだように見える。こんな狭い室内で、寝台と壁とで犯人と向き合うなんて、ちょっと変でしょう」

　車室の幅はおよそ一・五メートル、奥行きは二メートルほどだ。扉側から入った犯人が、寝台にいるか床に立っているボリスコフを撃つというのが、普通考えられる形だろう。その場合、ボリスコフは窓側を背にして倒れるはずだった。

「室内で二人で話し合っているとき、犯人が寝台に座って、壁を背にして正面に立っているボリスコフを撃ったのかもしれん」

　諸澄は、反論と言うより可能性を潰していくような言い方をした。これには辻村が答える。

「それやったら、犯人は低い位置から上に向けて撃ったことになります。解剖して検査してみないとわからんでしょうけど、射入口からすると、正面の同じ高さから撃たれたみたいですわ」

　諸澄は、うんうんと頷いている。

「それに、こんな至近距離では、ほとんど額に銃口をくっつけるような格好になります。それだと弾丸は貫通してたんじゃないでしょうか」

　耕一が付け足して言うと、諸澄が満足そうな笑みを浮かべた。

「やっぱり、二人とも素人じゃないね」

揶揄されたのかと思ったが、そうでもないようだ。耕一は法医学の心得も多少はあるし、今度の一連の事件で死体を検分したのは、塙に続いて二度目だ。確かに素人とは言えない。ただし、辻村の方も、これまでの様子を見る限り、それなりの経験を積んでいるようだ。ただし、どこで何をやってきたのか、耕一には想像がつかない。

だが、誰がどういう形で撃ったにせよ、大きな疑問があった。

「門田旅客専務の話では、扉には鍵が掛かっていました。ボリスコフは、この様子だとほぼ即死でしょうから、鍵を掛けたのは犯人ということになりますが、どうやったんでしょう」

耕一は、寝台の隅に投げ出したままの鍵を指して言った。扉の鍵は単純なもので、鍵を回すと内側で小型の閂（かんぬき）が動く仕組みだ。ピンなどを差し込んで外から回すことはできるだろう。しかし、匪賊の襲撃で車内が騒然とする中、そんな悠長なことをやっていればすぐ目に付く。

「窓が開いてるね」

諸澄は耕一の注意を喚起するように、指差して言った。

「開いてますが……そこから逃げるのは、いくらなんでも無理ですよ」

窓の幅は七、八十センチありそうだ。全開であれば抜け出ることはできる。ただし、停車中であればの話だ。時速六十キロ近くで走っている列車から、しかも匪賊に撃たれるのを覚悟で飛び出そうなんてことを考えるわけがない。

「夏とはいえ、夜遅くで気温も下がっているのに、窓を全開にしとくってのは……」

独り言のような、辻村の呟きが聞こえた。何を言いたいのかと思った時、機関車の汽笛が鳴り響いた。点検が終了したようだ。間もなく軽い衝撃があり、列車が動き始めた。気付くと、東の空がだいぶ明るくなっている。腕時計を確かめた。午前四時二十分だった。

十一

一度自室に戻り、急いで顔を洗って着替えてからボリスコフの車室に取って返すと、辻村はまだ車室の前の廊下に立っていた。ポケットに手を突っ込んだ辻村は耕一の姿を見て、車室を顎で示した。

「少佐殿は、ずっと中を調べてますよ。目ぼしいものは出てないようですが」

耕一が「わかった」と応じて車室に入ったところへ、門田がやってきた。運転を再開できたことで、少し顔が明るくなっている。

「駅長から運輸指令に電話したところ、このまま哈爾浜まで運転するように、と。警察は、哈爾浜駅で待機しているそうです」

車室に首を突っ込んで報告してから、門田は声を低めて付け加えた。

「憲兵も、強引に鉄道電話を使って哈爾浜に連絡していましたよ」

「だろうね」

諸澄は当たり前とばかりに言った。哈爾浜駅には、警察と憲兵の集団が、捜査の主導権を取ろうと待ち構えているわけだ。

「哈爾浜に着くのは？」

「米沙子を四十分遅れで出ましたんで、多少取り戻すとしても、哈爾浜着は三十分遅れの八時頃になるでしょう」

「わかった」

それでいい、と諸澄が頷くと、門田は心配げに尋ねた。

「また匪賊が襲ってくる、ということはないでしょうか」

「大丈夫。こっちに機関銃があるとわかった以上、もう来やしないさ。連中も、割が合わんことはしない」

門田は、ほっと息をついた。

「食堂車の営業はやめ、この一等寝台車と隣の二等寝台車には、乗客の出入りを止めること。それだけ頼む」

「承知しました。ボーイにもよく言っておきます」

門田が出ていくと、諸澄は網棚にあったボリスコフの鞄を下ろし、中を調べ始めた。

「秘密書類でも捜してるんですか」

耕一の軽口（かるくち）めいた言葉には返事せず、諸澄は鞄の中身を寝台の上に広げた。着替えや洗面用具、本が一冊。特に目を引くものはなく、普通の旅行用鞄と見えた。

「何もないようだな」

鞄の底まで検めてから、諸澄が言った。

「だが、こんなものはある」

諸澄は手を伸ばし、枕を持ち上げた。枕の下には、小型の拳銃があった。耕一は目を見張った。

「護身用ですか。ボリスコフは、自分が危険だと承知してたんでしょうか」

「そのようだ。だが、自分が撃たれるときに取り出そうとした形跡はない」

ということは、ボリスコフは予期していない状況で撃たれたのだ。少なくとも、侵入してきた何者かに撃たれたのではなさそうだ。いや、入ってきた相手がよく知っている人物なら別か。

「よし、この部屋はもういい。お隣さんの話を聞いてみようじゃないか」

耕一が考え込んでいると、諸澄が立ち上がり、外へ行こうと促(うなが)した。

「君たち、中国語以外の外国語はどうだい」

廊下に出ると、諸澄が聞いた。耕一は頭を掻いた。

「英語が少しばかり。ロシア語は片言です。その他は、さっぱり」

「僕はロシア語とフランス語はいけますけど」

辻村が事もなげに言ったので、耕一は仰天した。

「君、いつ覚えたんだ」

「とてもそうは見えん、と顔で言うたはりますね」

辻村は面白そうに笑う。

「ま、僕もいろいろありまして」

それ以上は言わないので、耕一は納得して黙るしかなかった。

「わかった。それじゃ、話は僕がしよう。詫間君は、厳(いか)めしい顔をして横にいるだけでいい。話の内容は、後で辻村君から聞き給え」

諸澄は二人に告げると、一号室の扉をノックした。中から「ヤー」と返事があり、扉が開けられた。クラウザーが顔を覗かせ、不安げな表情を見せた。

「賊の襲撃でさぞ驚かれたかと思う。我が国を代表して、お詫(わ)びする」

諸澄はロシア語で喋ったので、耕一にも何とか聞き取れた。クラウザーは昨夜、食堂車で春燕とロシア語で話していたから、ドイツ語でなくても構わないと踏んだのだろう。

「隣の乗客が亡くなったのは、ご存知か」

「ああ、知っている。大変な不幸だ」

クラウザーは沈痛な顔で答えた。

「少し話を聞きたいが、いいか」

クラウザーは頷き、三人を招じ入れた。クラウザーは寝台に座り、耕一たちはその前に立った。

「賊が襲ってきたとき、あなたはどうしていたか」

「寝台で眠っていた。何かに驚いて、目が覚めた。後から思えば、銃声だったと思う」

やはり銃声がしていたか。二等寝台車で耕一たちが聞いたのと同じものに違いない。だが何とか聞き取れたのはそこまでで、後は諸澄もクラウザーも早口になり、断片的にしか捉えられなくなった。それでも、「壁で音」とか、「賊が」とか、「機関銃」とかの語は、聞き取れた。辻村は意図してか無表情を保ち、黙って聞き入っている。クラウザーは喋りながら、辻村と耕一にちらちら落ち着かない視線を投げて寄越した。どうやら、いるだけでも相手を不安にさせる効果はあったようだ。

「そうか。ありがとう。哈爾浜に着いたら、警察がまた話を聞くと思う」

諸澄は十五分ばかり話して、一号室を辞去した。耕一は廊下に出るなり辻村に聞いた。

「クラウザーは、どんな話を」

辻村は小声で答えた。

「そう意外な話はないですよ。銃声は……」

「取り敢えず次に行こうじゃないか。あっちはポーランド人だから、ロシア語で問題あるまい」

諸澄は遮るように言って、三号室の扉を叩いた。扉が細目に開き、様子を窺うシマノフスキと目が合った。諸澄がさっきと同様に声をかけ、警戒心を緩めたらしいシマノフスキが三人を中に通した。

シマノフスキは、四十くらいに見えた。頬骨が高く、ややいかつい風貌(ふうぼう)だ。奉天駅のホームで物売りと話していた男だ。

「賊が襲ってきたとき、あなたは眠っていたのか」

諸澄がまず聞くと、相手はすぐ肯定した。

「ああ、眠っていた。銃声のようなものが聞こえた気がして、起きた」

クラウザーの証言と同じだ。そこから先はやはり早口の会話になり、クラウザーより流暢なロシア語だったせいか、確実にわかったのは「馬」「賊」「兵隊」といった幾つかの単語ぐらいであった。耕一は仕方なく、諸澄に言われた通り、嘘(うそ)は許さんぞというような厳めしい顔を作って、おとなしく立っていた。横目で辻村の表情を窺ったが、何も読み取れなかった。

諸澄は三号室を出ると、何も言わずに四号室に行ってノックした。フランス人記者、デュナンの部屋だ。デュナンはすぐ、「ウイ」と応じて扉を開けた。こちらは顎鬚(あごひげ)など生やしているが、クラウザーやシマノフスキより若い。奉天駅ホームで体操していたのは、この男だ。

諸澄はデュナンに向き合うと、見事なフランス語で話し始めた。こうなると、耕一にはちんぷんかんぷんだ。デュナンは大袈裟に身振りを交えながら、興奮したように喋りまくっている。匪賊の襲撃が、余程の衝撃だったのだろう。記者だということだから、いいネタになるはずだ。しかし、満州国が未開の野蛮国のように書かれるのは具合が悪い。辻村はと言うと、これまでと同じ無表情だが、時折笑いを堪(こら)えているのが見て取れた。

諸澄は、ここでも十五分ほどで話を終えた。一連の聴取の間、耕一も辻村も、結局一言も喋らないままであった。

　四号室を出た諸澄は、そのまま廊下をずんずん歩いて、二等寝台車に向かった。耕一は首を傾げて呼び止めた。

「六号室から八号室の日本人客には、聴取しないんですか」

「構わん。聞いても得るところはあるまい」

　諸澄はそう切り捨てると、デッキに出る引き戸を開けた。耕一はどうも納得できなかったが、取り敢えず車両の端にある手洗いに入った。

　小用を足して手洗いを出、何気なく廊下の方を振り返った。すると、ちょうど六号室の扉を開けて顔を出した中年の日本人乗客と、目が合った。耕一が会釈しようとすると、その客が耕一を手招いた。何の用かと思ったが、無視するのも具合が悪いので、耕一はその客の前まで行った。

「何かご用でしょうか」

「君、満鉄の人だね」

　客は五十絡みの太った男で、ワイシャツに麻のズボンをサスペンダーで吊っていた。無精髭がそのままで、襲撃で飛び起き、落ち着いたところで寝直すのをやめて着替えたばかり、という雰囲気だ。

「儂は、哈爾浜の大陸電業の取締役をやっとる、大下という者だが」

　大下は名刺を出して耕一に突き出した。

「この車両で乗客が死んだ、というのは本当かね」

隠してもおけないので、耕一は「その通りです」と答えた。大下は、大きく溜息をついた。

「何たることだ。関東軍には、もっと匪賊の討伐に精出してもらわんといかんな。急行列車でもおちおち眠っておれんとは、嘆かわしい」

耕一にそんなことを言われても困るが、相手は客なので「おっしゃる通りです」とおとなしく頭を下げた。

「死んだのは、二号室の客か」

「はい。白系露人の方ですが」

「匪賊に撃たれたのかね」

これはうっかり答えにくいな、と耕一は考えた。車内の誰かに殺された可能性がある、などとは部外者に言えないし、あまり勘繰られても困る。

「そう思われますが、目下（もっか）、確認中です。警察の捜査を待ちます」

紋切型に言うと、大下は少し考え込む様子を見せた。どうしたんだ、と思っていると、大下は耕一に顔を近付け、声をひそめた。

「実は、ちょっと気になることがあってね。警察や憲兵に言うほどでもないし、厄介事（やっかいごと）は遠慮したいので、満鉄の君にだけ言っておく」

大下は、誰も聞いていないか確かめるような素振りを見せてから話した。勿体を付けているみたいだな、と耕一は思った。

「四平街に着く前だから、夜中の十二時半頃かな。手洗いに行こうとして廊下を見たら、二号室のところで、女が扉から中の様子を窺っているのに気が付いたんだ」

女、と聞いて耕一は緊張した。

「どんな女でした」

「正面から見たわけじゃないんで、絶対とは言わんが、あれは十一号室の女だったと思う」

耕一は内心で頷いた。やはり春燕だ。ボリスコフが車室でどうしているか、探っていたのだろう。

「女は、それからどうしました」

「儂に見られたのに気付いたようで、すぐに前の方の洗面所へ行ったよ。儂はまた、掏摸とか枕探しの類いかと思ったんだが」

「女を見たのは、それ一度だけですか」

「ああ、一度だけだ」

「わかりました。ところで、襲撃のときはどうしておられました」

「うん。それが、ぐっすり寝てたもんでね。何か騒がしくなった気がして、起き上がって外を見たら、馬賊の群れが列車と並んで走ってるじゃないか。びっくりしちまって、慌ててカーテンを閉めて窓から離れたよ」

大下氏は、相当うろたえたのだろう。ばつが悪そうに頭を掻いた。

「襲撃に気付く直前、銃声を聞きましたか」

「銃声？　もちろん、賊の連中は盛んに撃ってたようだが……直前とは？」

どうやら大下は、ボリスコフが撃たれたと思われる、あの銃声は聞いていないらしい。

「いや、お聞きになっていなければ結構です。どうも、ありがとうございました」

耕一が礼を言うと、大下は鷹揚に頷いてから六号室の扉を閉めた。耕一は、その場に立って考えを巡らせた。春燕がボリスコフの車室を窺っていたとしても、驚きはない。しかし同じ車両に乗っている以上、ボリスコフも春燕の存在に気付いていたはずだ。ボリスコフは、どうするつもりだったのだろう。いや、春燕がボリスコフの仲間だという疑いも、まだ消えたわけではない。

考えがまとまらなくなった耕一は、首を振って二等寝台車に戻ろうと向きを変えた。そこで、十一号室の扉が開くのを目にした。はっとして固まると、春燕が廊下に姿を現した。先ほどとは違い、水色のワンピースに半袖の白い上着を羽織っている。大変な事件に遭遇したにも拘わらず、不安げな様子もなく落ち着いて、凛(りん)としていた。思わず見とれてしまう。

「詫間さん、お疲れではありませんか。寝てらっしゃらないのでは」

春燕は耕一を見て、微笑みを浮かべた。大下との話を聞かれたかとも思ったが、その心配はなさそうだ。

「いや、襲撃の前には少しばかり寝ていたから。君こそ、眠れなかったんじゃないか」

「お気遣いなく。私は大丈夫です」

確かに、耕一よりも余程元気に見える。

「しかし、君は凄いね。あんな襲撃があったというのに、普段と変わらないじゃないか」

「この満州では、いろんなことがありますから」

そんな一言で、春燕は片付けてしまった。耕一は却って白けた。

「うん。君なら、匪賊相手に撃ち返すくらいやりそうだ。もしかして、銃も持ち歩いていたりするのかい」

半ば揶揄するように言ったのだが、春燕は眉を顰(ひそ)めることもなく、持っていた小さなハンドバッグに手を入れた。白魚の如き手がつまみ出したものを見て、耕一は目を丸くした。それは、小型拳銃のデリンジャーだった。欧米の婦人が護身用に持っていたりするものだ。

「こんなものは持っていますが、これでは匪賊相手には役に立ちませんわね」

春燕は冗談めかして言うと、白い歯を見せた。

「いや、恐れ入ったよ。しまっておいてくれ。これから、君を口説くときには気を付けよう」

「まあ。口説いて下さる殿方を撃つなんて、無粋な真似はいたしませんことよ」

降参だ、と耕一は両手を上げた。春燕は、軽く会釈して洗面所に歩いていった。

その後ろ姿を見送りながら、ぞっとする考えが浮かんだ。デリンジャー拳銃なら、至近距離で眉間を撃っても、後頭部へ貫通はしないのではないか。

そこで諸澄の顔が浮かんだ。諸澄は、日本人乗客への聴取を行わなかった。あれは、大下のような証言が出て、耕一がそれを聞くことを警戒したからではないのか。諸澄と春燕が共謀して、ボリスコフを殺したということはあり得るだろうか。

待て待て、と耕一はかぶりを振った。だとしても、鍵のことはどうなる。一瞬で車室の鍵を開け閉めできるような神業を、春燕が会得しているとはさすがに思えなかった。

そこでまた、思い当たった。合鍵がある。門田は、ボーイの劉に鍵を開けさせたと言っていた。もし劉が共犯で、春燕に合鍵を使わせたとしたら……。

「劉君！」

耕一が呼ぶと、デッキで控えていた劉が飛んできた。

「はい、お呼びでしょうか」

「君、車室の合鍵はいつも持ち歩いているのか」

「はい。お客様が鍵を掛けたまま室内でお倒れになったりすることがありますので、万一に備えて」

そこで昨夜の光景を思い出したらしく、劉はぶるっと身震いした。

「盗まれたりしたことは、ないのかい」

「ありません。盗られたり落としたりしないよう、紐でベルトに繋いでいます」

劉はポケットから合鍵を出して見せた。

「他に合鍵を持っている人は」

「旅客専務が、全部の鍵を開けられるマスターキーをお持ちです。それ以外には、いません」

「そうか。わかった。仕事中、邪魔して済まん」

劉は、いえ、とんでもないと言ってデッキの方へ戻った。

合鍵のことを尋ねても、劉に動じた気配は全く見られなかった。彼が一枚嚙んでいるとすれば大した役者だが、二十歳そこそこの若者にそんな芸当ができるだろうか。

耕一は、ふうと息を吐いて首筋を叩いた。どうにも考えがまとまらない。今は、どんな可能性でもありそうに思えた。

「仕方がない。ここは、満州だからな」

気が付くと、つい口に出していた。

自室に戻ると、辻村が廊下で待っていた。辻村は耕一に、目で隣の車室を示した。

「ここの客、新京で降りたらしくて空いてます。ちょっと入りましょう」

諸澄がいないところでさっきの話をしようということか。耕一は黙って頷き、隣の車室に入った。寝台に腰を下ろすと、すぐさま聞いた。

「クラウザーとシマノフスキとデュナンは、それぞれ何と?」

「クラウザーが言うには、銃声で目を覚ましたとき、二号室との間の壁に何かぶつかるような音がしたそうです。それで起き上がって、何事かと扉を開けて廊下を見てみたが、何もなかったと」

「何も?　二号室から出た人物はいなかった、ということか」

「音がしてから廊下を覗くまでに十数秒あったようです。その間に二号室を抜け出し、空室かデッキに隠れることはできなくもないでしょうけどね」

それもあくまで可能性、か。しかし、鍵までかける時間はなかったろう。

「二号室の扉が開け閉めされる音は、聞いてないのか」

「気が付かんかったと言うてます。あいつは廊下に何もないので室内に戻り、今度は窓の外を見たと。すると、馬に乗った連中が大勢、列車に近付いてくるのが月明かりで見えて、何事かいなと思っているうち、ドンパチが始まった、てことです」

「なるほど。それで全部かい」

「まあ、それだけですわ。ドイツ人で、しかも技師だからですかね。話が早くて筋道立ってたのは助かりましたが」

辻村が意識して何か省いていたりはしないか、と思って注意してみたが、それとわかるような気配はなかった。

「壁にぶつかったような音ってのは、ボリスコフが撃たれて倒れるときのものか。そうすると、やはり匪賊が来襲するほんの少し前に、ボリスコフは死んでいたことになる」

「そのようですね」

辻村も同感らしい。これで、ボリスコフが匪賊に撃たれた可能性は、ほぼなくなった。

「シマノフスキの証言は」

　耕一が次を促した。辻村がすぐに答える。

「こっちはずっと単純ですわ。銃声に驚いて寝台から起きた。壁にぶつかる音は聞いていない。扉を開けて廊下を見ることもしていない。首を捻りながら外を見ると、何か黒い影が動いているのが見えた。目を凝らすと、匪賊が襲ってきているんだとわかった」

「何だか簡単過ぎるな。もっと何か気付かなかったのか」

「これで全部だと言うんやから仕方ないでしょう。けどデュナンの方は、笑えるくらいめっちゃ喋りまくってましたよ」

　そう言えばあの記者は、大仰（おおぎょう）な身振りも交えて盛んにまくし立てていた。

「と言うても、中身はありませんけど。実際に見聞きしたのは、シマノフスキとほぼ同じです。列車では熟睡できず、うとうとしていたら銃声のような音が聞こえた気がして、起きた。何だかわからずぼんやりしとったら、間もなく外で列車の音と違う音がし始めた。匪賊の馬蹄（ばてい）の音だったみたいですね。それで何事かと窓の外を見たら、騎馬隊が迫っていた。仰天してると、ドンパチが始まった。まるでアメリカの西部劇やないか。ここでこんな目に遭（あ）うとは思わんかった、この国の治安はどうなっとるんやと、そんなとこですわ」

「西部劇か。そういう映画は僕も好きだが、自分で演じることになるとは思わなかった」

「僕もです。あのフランス人にとっても、貴重な体験ちゅうやつでしょうね」

辻村は言ってから、デュナンの様子を思い出したように笑った。

自分たちの車室に戻ると、諸澄は悠然と煙草をふかしていた。耕一に、遅かったじゃないかと問う様子もない。

「話は済んだか」

諸澄は気軽に言って、新しい煙草に火を点けた。耕一は、「ええ、まあ」と素っ気なく言って、腰を下ろした。

「話を聞いてみて、君の方で何か気付いたことはあるかい」

「いえ、さっぱりです」

辻村と話す前に大下や劉と話したことは、伏せておいた。諸澄も春燕も、今のところどこまで信用していいかわからない。代わりに、耕一は尋ねた。

「その証言をまとめますと、ボリスコフの二号室に侵入した人物はいないし、かと言って外から匪賊が撃ったわけでもない。それじゃ、ボリスコフを殺したのは誰なんです」

「それがわかれば、世話はないさ」

諸澄は、投げやりとも聞こえる言い方をした。耕一はさらに言った。

「もう一つ。そもそも、動機は何なんです。ボリスコフは、なぜ殺されたんでしょうか」

諸澄は返事をせず、差し込んできた朝日に向かって煙草の煙を吐いた。

十二

哈爾浜駅は三十三年前にロシアの手で建設され、欧州の大駅を彷彿させるアール・ヌーヴォー様式の壮麗な駅舎が、威容を誇っている。午前八時五分、欧亜急行は三十五分の遅れでその第一ホームに到着した。永倉機関士は遅れを取り戻そうとだいぶ頑張ったようだが、これで精一杯だったのだろう。

ホームには、哈爾浜警察の一団が待機していた。それと競うかのように、憲兵隊の姿もある。出迎えの客や物売りは見えず、ホームへの立ち入りを禁じられたらしい。乗客たちはこの異様な光景を見て、改めて辛くも生き延びた体験を思い、身を震わせていることだろう。

諸澄は真っ先に二等寝台車から飛び降りた。耕一もすぐその後に続く。一等寝台車の乗客は、門田からそのまましばらく待つように伝えられたため、窓から不安げにホームを見つめている。

後ろを見ると、辻村の姿がなかった。おや、どこへと首を傾げていると、進み出てきた憲兵将校の大声が響いた。

「諸澄少佐！」

諸澄は軽く舌打ちしたが、作法通りに敬礼を交わした。

「どういうことだ。特務機関はこれにどう関わっているのか」

憲兵分隊長らしい、少佐の階級章を付けた憲兵将校が言った。詰問（きつもん）するような口調だ。諸澄は意に介する風もなく、平然としている。

「申し訳ないが、詳しくは言えない。防諜に関する極めて大掛かりな作戦、とだけ言っておこう」

「防諜なら、こちらの仕事でもある。単独で進められては困る」

憲兵少佐は、憤然として言った。諸澄は、冷たい目で睨んだ。

「そちらも関わりたいと言うなら、東條司令官閣下から、こちらの機関長である安藤閣下に話を通していただきたい」

司令官の名を出されて、憲兵少佐はさらに苛ついたようだ。そこへ諸澄が畳みかける。

「未明の匪賊の襲撃で、こちらの作戦が危殆に瀕するところだった。抗日匪賊討伐は、憲兵隊の最も優先されるべき任務ではないのか。貴官らはまず、奴らを追跡し殲滅することをもって、本地域の治安を確保せねばならないのではないか」

憲兵少佐は、米沙子駅での柴田と同様、言い返せずに唇をへの字に結んだ。

「匪賊は乗客一名を殺害したと思われる。詳しくは、大連憲兵隊の柴田中尉に聞かれるといい」

諸澄は、小走りにこちらへ来る柴田たちを手で示した。憲兵少佐は、凄い目付きで諸澄を一睨みすると、柴田たちの方を向いた。柴田はこの憲兵少佐から八つ当りされるのではないか、と耕一はほくそ笑んだ。

「諸澄さん、いいんですか。憲兵をだいぶ怒らせましたよ」

耕一が囁くと、諸澄は鼻で嗤った。

「構わん。匪賊の襲撃を許したのは、あいつらの取り締まりに抜かりがあったからだ」

そう言い捨てると、諸澄は警察署長に声をかけた。

「北林署長、ご苦労様です」

「あ、これは諸澄少佐。この列車に乗っておられましたか」

北林は、驚きを浮かべて敬礼した。どうやら、諸澄とは懇意であるらしい。同じ陸軍の憲兵隊より警察と仲がいいのは面白いな、と耕一は思った。

「どこまでお聞きです」

「匪賊に襲われ、乗客に死者が出た、と。どんな状況ですか」

「説明しましょう。車内へどうぞ」

ちょうど駆け寄ってきた門田旅客専務を先導に、諸澄と警官たちは一等寝台車に入った。耕一は同行するまでもないと考えて、ホームの様子を眺めながら、前方へ向かった。機関車の切り離しが行われたところで、運転台から降りた永倉が、耕一に手を振った。

「永倉さん、お疲れ様です」

「あんたもな、詫間さん。無事到着できて、ほっとしたよ」

永倉は機関車のボイラーと蒸気溜めを指差した。

「よく見たら何発か喰(く)らってる。それでちいっとばかり蒸気漏れを起こしてな。それもあって、思うようにスピードが出せなかった。遅れのうち二十分は取り戻すつもりだったんだが」

永倉は職人(プロ)らしく言ってから、表情を硬くした。

「乗客に死者が出たそうだな。残念だよ」

その声音(こわね)から、永倉は機関士として、自分にも責任の一端があるように思っているのが感じられた。少し迷ったが、耕一は永倉に近寄り、声を落として言った。

「ここだけの話ですから、まだ他言しないで下さい。死んだ乗客は匪賊に撃たれたんじゃなさそうです。乗客の中に犯人がいる可能性が高い」

「何、殺人事件なのか」

永倉は目を剝いた。

「わかった。誰にも言わん」

「お願いします。では、僕はこれで」

永倉は、「ああ」と頷き、機関車の方へ向き直った。歩きかけてちらりと振り返ると、永倉が動輪を叩いて「よく頑張ったな」と機関車に労いの言葉をかけていた。耕一は微笑みを浮かべ、一等寝台車の方に戻った。荷物車からは加治軍曹と兵士たちがホームに降りて、凝った体を伸ばしていた。

諸澄と警官たちは、まだ車内で検証をしているようだ。耕一は、改めて車体の外観をじっくり眺めた。もう製造されて二十年は経ち、年季の入った車両ではあるが、装飾が施された窓や、上が曲線になった乗降扉など、貴族の老嬢を思わせる優雅さを漂(ただよ)わせている。最近塗り直されたようで、外板には艶があった。内地の車両には見られない、欧米の鉄道の雰囲気がそこに表れていた。

「詫間君」

頭上から声が降ってきたので、そちらを見上げた。窓から諸澄が顔を出している。

「何でしょう」

「反対側に回ってみてくれ。車室の窓がある側だ」

ホームに面しているのは通路側だ。諸澄の意図がわからないが、耕一は了解して隣の第二ホームへ回り、他の列車が来ないのを確かめてから線路に下りて、一等寝台車のすぐ脇に寄った。開いた二号室の窓に、諸澄が見えた。

「この辺を見てみたまえ」

諸澄は窓から腕を出し、三号室の窓との間の外板を示した。耕一は諸澄の指す部分をじっと見た。するとそこに、微かに黒ずんだ染みのような跡が点々とあることに気付いた。

「見えるかい」

「はあ。ごく小さな、染みか何かがあるようですが」

そこは線路面からの高さが二メートル半ほどの位置で、耕一の目からも一メートルほど上になるため、細かく見ることはできない。それでも、耕一はそれが何なのか、思い当たった。

「それ、血痕でしょうか」

「そのようだね」

　諸澄が、よくできましたと生徒に言うときのような笑みを見せた。耕一は首を傾げた。

「それがボリスコフが撃たれたときのものだとしたら、どうしてそんな場所に。彼は、窓から首を出していたってことですか」

　撃たれる姿勢としては、どうも不自然だった。外から撃たれたのならわかるが、ボリスコフが死んだのは匪賊が射程距離に達する前だったと思われるし、それ以外の誰かが遠距離狙撃したなど、まずあり得ない。それによく考えてみれば、狙撃銃などを使ったのなら、ボリスコフの頭部は半分がた吹き飛んでいただろう。

「まあ、これも一つの手掛かりだ。意味はそのうちわかるさ」

　のんびりした台詞（せりふ）のようだが、諸澄には考えるところがあるようだ。だが、今聞いても口にはすまい。諸澄は身振りで、第一ホームに戻れと耕一に告げた。耕一は指図通りにして、一等寝台車の乗降口で待っていた諸澄のもとへ行った。

「他の乗客はどうなりましたか」

「ああ、一応簡単な聴取は済んだ。日本人客は行き先がはっきりしているので、もう引き上げてもらう。外国人は皆、満州里（まんしゅうり）行きに乗るから、それまではホテルにいてもらう」

浜洲線満州里行き九〇三列車は、欧亜急行と前日のあじあ号からの接続を受け、満州里でシベリア鉄道の列車に連絡する。乗換えは多いが、欧亜連絡の最短ルートを形成するので、欧州へ行き来する人々の利用は一定数あった。定刻なら八時二〇分発だが、今日は欧亜急行の事件を受けて、二時間四十分遅い一一時に発車するとのことだ。

「え？　足止めはしないんですか。彼らは殺人事件の現場にいたんですよ」

外国人といえど、殺人現場のすぐ隣に居合わせたわけだから、容疑が晴れるまで一日ぐらい留め置いても、文句を言われる筋合いはないはずだ。三時間後の列車にそのまま乗せてしまうとは、北林署長も思い切ったことをするものだ。

「足止めの理由はないさ。ボリスコフは、匪賊の襲撃で落命したんだから」

諸澄はそう言い放った。耕一は、唖然として諸澄の顔を見つめた。

「本気でおっしゃってるんですか？　どう見ても、匪賊に撃たれたとは……」

「警察には、当面そういうことで収めてもらう」

耕一は眉間に皺を寄せた。諸澄は、何を企んでいるのだ。

「何のためにそんなことを」

「一つは、警察と憲兵がこの件に嘴を突っ込むのを、避けるためだ」

なるほど。確かに、匪賊の襲撃の際に不幸にして流れ弾が当たったとしておけば、ボリスコフについての周辺捜査などは避けられる。諸澄は警察に相当な影響力を持っているのだろう。

「しかし憲兵は、それで納得しますか」

耕一は、柴田中尉やさっきの憲兵少佐の態度を思い返した。諸澄が言うことを素直に聞く連中ではあるまい。

「納得しなくても、受け容れるだろう」

「何故ですか」

「その方が、長い目で見れば都合がいいからさ。憲兵隊は、ボリスコフについて多くを摑んでいない。こっちが先行している以上、できることは限られている。だが、抗日匪賊が乗客を殺したとなれば、大々的な討伐理由ができる。全力を挙げれば、列車を襲った連中を見つけ出して殲滅することは充分可能だ。得体の知れないスパイに振り回されるより、討伐成功の方が面子が立つ。東條閣下の覚えもめでたくなる、という次第さ」

耕一は唸った。確かに、諸澄の言う通りかもしれない。

「よくわかりました。一つ、と言われましたが、まだ何かあるんですか」

「うん。もう一つは、三人の欧州人に予定通り帰国の途についてもらうためだ」

「え？　それはどんな意味が……」

訝しみつつ言いかけて、耕一も気付いた。諸澄の標的は、その三人なのだ。

「つまり、それがあなたの言う防諜の作戦だ、ということですか」

「わかってきたようだね」

諸澄が教師の如くに言う。

「では、あなたも加治軍曹も、満州里へ行くつもりなんですね」

「君もどうかね」

諸澄は、温泉にでも誘うような言い方をした。松岡総裁の命もあるし、ここまで来た以上、耕一にも否やはない。

「お付き合いしましょう」

諸澄は、「大変結構」と言って、口元で笑った。

「ところで、辻村君はどうした」

聞かれて、列車を降りてから辻村が見えないのを思い出した。

「さあ……その辺にいるかと」

「そうか。まあ、想像はつく」

何を承知しているのか、諸澄はそれ以上尋ねなかった。

ホームを眺め渡すと、憲兵隊はいつの間にかいなくなっていた。このまま二度とまみえることがなければ、幸いだ。警察の面々は、一等寝台車の検証を一通り終えたらしく、一団となって改札の前にいた。一人の警官が、大型のトランクを持っている。何だろうと思ったが、ボリスコフが預けていた手荷物だと気付いた。荷物車から下ろしたものらしい。諸澄は北林署長と二言三言話してから、耕一に言った。

「僕はこれから、ボリスコフの手荷物の検査に立ち会うんで警察署に行ってくる。君はどうするね」

「寝台券を手に入れてから、ホテルで一服します」

「わかった。では、後で列車で会おう。僕は一等寝台を手配した」

耕一は了解し、諸澄と別れて駅務室に入った。満州里行きの寝台車は空いており、一等寝台車の客は三人の欧州人と諸澄の他、日本人が二人、満人と漢人が各一人だということだ。改札掛に確かめてもらったところ、欧州人たちの切符の行き先はそれぞれ、クラウザーがミュンヘン、シマノフスキがワルシャワ、デュナンがパリであった。不審な点はなさそうだ。耕一は用意してもらった二人分の一等寝台券を受け取り、助役に礼を述べると駅を出た。

満鉄直営のヤマトホテルがあれば好都合だったが、哈爾浜ヤマトホテルの開業は来年の予定である。耕一は駅前広場に面した北満ホテルに入り、一時間だけでも部屋を使わせてもらおうと、支配人に満鉄の職員証を見せた。すると驚いたことに、支配人はにこやかに「はい、承っております」と応じた。

「先ほど、辻村様とおっしゃる方が見えまして、満鉄の詫間様が間もなく来られるので部屋を使えるように、と」

「あ、ああ、それはどうも」

いつの間にか辻村が先回りしていたらしい。どういうつもりだ、とロビーを見回したが、辻村はいなかった。耕一は訝しみつつ、鍵を受け取った。

部屋でシャワーを浴びて湯舟に浸かり、ようやく石炭の粉を全部洗い流してさっぱりできた。このまま一日寝たいところだが、そうもいかない。耕一は一息ついてから、部屋の電話を使って松岡総裁に連絡を入れた。匪賊襲撃とボリスコフの殺害については既に報告が上がっていたらしく、諸澄が何か関わっているのか、松岡はしきりに気にしていた。これから満州里に行くと告げると、「無論、そうしてくれ。諸澄の動きにも、君自身も、充分に注意するように」と指示された。なぜか松岡は、諸澄について神経質になっているようだ。電話を終え、身支度を整えてロビーに出たときは十時を回っていた。

ロビーの片隅に、電話室があった。ちょっと騒がしいので目を向けると、デュナンが相変わらずの大きな身振りで、受話器に向かって大声で喋っていた。相手は雑誌社か新聞社の支局だろうか。何だか喜劇的で面白いので眺めていると、玄関からシマノフスキが入ってきた。小脇に挟んだ新聞以外は手ぶらなので、ホテルか駅に荷物を置いて、散歩にでも出ていたのだろう。

クラウザーはいるかと見渡すと、電話室と反対側のソファでコーヒーを飲んでいた。一人ではない。その相手を見て、耕一は目を見張った。春燕だ。食堂車で一緒だったのだから、ここで向かい合ってコーヒーを飲んでいたとしても、驚くには当たらない。だが、春燕はどうするつもりだろう。ボリスコフは哈爾浜止まりの切符しか買っていなかったはずだ。ならば春燕の旅程も、この町までで終わりではないのか。

違うな、と耕一は思った。春燕も満州里に行く。そうに違いない、と思った。駅で聞いた乗客のうち、漢人は春燕だろう。満州里行き九〇三列車で何が起きるのか。それを見極めなければならない。

「どうです。ちょっと見てると面白いでしょう」

肩口で囁かれ、耕一は飛び上がりそうになった。振り返ると、辻村がニヤニヤしながら立っている。

「何をやってたんだ」

声を抑えて詰問すると、辻村はロビーの面々を示した。

「憲兵や警察とはお近付きになりたくないんで、連中を追ってここへ。ずっと様子を見てました」

欧州人たちを監視していたのか。なら、そう言ってくれればいいのに。

「シマノフスキは、どこへ出かけてたんだ」

「中央寺院の方へ歩いていって、ひと回りして帰ってきました。途中、郵便局に寄ってましたが」

「郵便局で何を」

「局の中に入ると気付かれそうだったんで、見てません」

はっとして確かめた。

「書類のようなものを送ったりしなかったか」

辻村がかぶりを振る。

「そんなもん持っとったら、気が付きます。奴は手ぶらでした。内ポケットに入れてたとしたら、せいぜい薄い封筒一枚でしょう」

ボリスコフの書類を盗むか受け取るかして郵送した、ということはなさそうだ。ほっとしたが、その間、他の二人はどうしていたのだろう。辻村に質(ただ)すと、わかってますよと人差し指を振った。

「ホテルから出てません。ベルボーイに小遣いを渡して見張らせときました」

やはり抜け目がない。耕一は「そうか」と言うしかなかった。

「で、やっぱり満州里に？」

耕一はポケットから寝台券を出し、辻村に渡した。

「君もだぞ」

「仰せのままに」

辻村は、おどけて敬礼する格好をしてみせた。


再び哈爾浜駅に入り、九〇三列車が横付けされた浜洲線ホームに行った。列車は一等寝台車と二等寝台車各一両に、食堂車と、三等車三両の編成だ。最後尾に郵便車、先頭には荷物車が連結されているが、今日は荷物車は二両付いている。見ると、欧亜急行に乗っていた兵士たちがそのまま、こちらにも乗り込んでいた。諸澄は、この列車にも何らかの危険が及ぶと考えているようだ。

辻村と共に一等寝台車に乗り込み、指定された十号室に入った。鞄を置いた途端、早速扉が叩かれた。開けてみると、思った通り諸澄の顔があった。

「やあ、ご苦労さん。出張の延長は認められたかね」

松岡に連絡したことは承知済みなのだろう。「おかげさまで」と応じておいた。

「ボリスコフの荷物は、どうでしたか」

諸澄は「駄目だね」とかぶりを振った。

「普通の旅行荷物だ。変わったものは、何もなかった」

「あなたは何か、目当てのものがあって捜していたんですか」

諸澄はそれには答えず、窓の外を指した。ホームをクラウザーとシマノフスキとデュナンが歩いてくる。ホテルから、連れ立ってきたらしい。

「欧州人同士、道連れになったようだね。さて、どうなるかな」

諸澄は意味ありげな笑みを浮かべた。何を期待しているのだろう。

続いて、赤帽を伴った春燕が現れた。やはりこの列車に乗るのだ。諸澄は春燕を見たが、何も言わなかった。

春燕は車内に入ると、諸澄と耕一を見つけて微笑み、会釈した。そして、耕一たちの隣の十一号室に入った。

「やっぱり彼女も乗り込みましたね」

諸澄に水を向けてみた。諸澄は「そうだね」と言っただけだった。

「じゃあ、僕は九号室にいる。しばらくはゆっくりしてくれたまえ。先は長いから」

諸澄はそう言い残すと、部屋を出た。

「少佐殿と春燕姐さんに挟まれた部屋じゃ、落ち着きませんね」

辻村の軽口を聞き流し、耕一はふうと息を吐いて、座席の背に体を預けた。間もなく発車時刻だ。満州里までは丸一昼夜。欧亜急行よりさらに長い旅になる。

第三章 興安嶺

十三

哈爾浜駅の構内を出て速度を上げた列車は、轟音を立てて松花江（しょうかこう）の鉄橋を渡った。哈爾浜・満州里間は九百三十五キロ。内地で言えば、東京から広島の先、岩国（いわくに）辺りまでに相当する。普通列車なので、三十五ある途中駅に全て止まるが、駅間距離が二、三十キロあり、それほど気にはならない。沿線にある町らしい町は斉斉哈爾（チチハル）と海拉爾（ハイラル）ぐらいで、後は広大な原野と、興安嶺山脈の山越えと、砂漠である。車窓の楽しみは、至って少ない。

「満州里までの間に何かあっても、この曠野（こうや）じゃ助けを呼ぶのは簡単じゃないですね」

辻村が窓の外を見ながら言った。

「無線機とかないんですか。航空隊でもないと間に合いませんよ」

「そんなものないさ。駅の電話だけだ。この浜洲線で匪賊の襲撃があった話は聞いたことがないけどね」

「少なくとも、機関銃を持った部隊がいてるのはありがたいですがね」

辻村が前の方を指して言った。心強いのは確かだが、どんな事件だろうとこの列車に乗っている者だけで対処しなければならないのに変わりはない。耕一は身を引き締めた。

哈爾浜を発って二時間ばかり過ぎた頃、諸澄が呼びに来た。食堂車へ昼食に行こうと言う。まともに朝食を摂っていなかったのを思い出し、耕一と辻村は誘われるまま車室を出た。

食堂車に入ったとき、一番奥の四人テーブルに進行方向を向いて座っている、春燕に気付いた。昨日の夜の、欧亜急行の食堂車の光景が甦る。あれから十八時間しか過ぎていないのに、一週間は前のことのように思えた。春燕はこちらを目に留めたはずだが、反応は見せなかった。

向かいに座る後ろ姿は、クラウザーではない。デュナンだった。食事時でも身振りが大きいので、すぐわかる。諸澄は、二人を全く無視していた。耕一はやはり二人が気になって仕方がないので、食事の合間に何度も視線を向けた。喋っているのは専らデュナンで、春燕は愛想のいい笑みを浮かべながら、相槌を打っている。耕一の目には、デュナンが春燕を口説こうとして一人で空回りしているように見えて、可笑しかった。

それと同時に、少なからず驚いてもいた。春燕は、フランス語も話せるのだ。計五か国語を自在に操るとは、並みの才能ではない。一方、自分たちの食事は、諸澄があまり話をせず、辻村も気を遣ってか常より口数が少ないため、どうも肩が凝った。

春燕とデュナンは、食後の珈琲を楽しんだ後、出ていった。耕一たちのテーブルの脇を通るとき、この前と同じように、春燕が耕一に微かな笑みを向けた。微笑み返しそうになるのを抑え、耕一は目だけで頷いた。

「どうしたんですかね。昨日と今朝はクラウザーと一緒にいたのに、今はデュナンです。何か考えがあるんでしょうか」

春燕たちが食堂車を出てから、耕一は諸澄に小声で聞いてみた。

「まあ、じきにわかるさ」

諸澄は、軽く受け流した。知っているが、ここで話す気はないという様子だ。耕一は食い下がっても無駄だと思い、黙って珈琲を啜った。

それぞれの車室に戻って、一時間も過ぎたろうか。安達駅を出て、車窓に広がる平原をぼんやり眺めていると、扉がノックされ、返事も待たずに諸澄が入ってきた。

「あれ、何かご用ですか」

諸澄は「うん」とだけ言って、辻村の隣に座った。

「もう憲兵や警察の邪魔も入らなくなったし、君たちにも、今何が起きているか話しておこうと思ってね」

これは驚いた。諸澄の方から、そんなことを言い出すとは。戸惑っていると、また扉が叩かれた。扉を開いて顔を見せたのは、春燕だった。

「お邪魔してよろしいかしら」

「ああ。座りたまえ」

耕一ではなく諸澄が言い、春燕は「失礼します」と言って耕一の隣に体を寄せて腰かけた。辻村が眉を上げ、耕一はちょっとどきまぎした。

「どうだ、デュナンは」

耕一が口を開くより早く、諸澄が言った。春燕は、微笑と共に答えた。

「無害な方ですわ。身分証に書かれた通りの、ただの記者です」

「影響力のある記者では、ないんだな」

「ええ。本人はそう見せたがっていますけど。どこの社にも属さず、記事を書いてはあちこちに売っているようです。本国では芽が出なくて、アジアで何か目立つ記事をものにして売り込もう、とお考えのようですわ」

「記者というより、売文業(ばいぶんぎょう)ちゅうやつですな」

　辻村が、小馬鹿にしたように言った。

「何かネタを摑んだ、という話はしてなかったか」

「大きなネタを追っているようなことは言っていましたが、中身はありません。単なる見栄でしょうね」

　春燕が、口に手を当てて笑った。

「専ら私を口説こうと、熱心に喋っておられましたわ。適当にあしらっておきましたけど」

「典型的なフランス人ちゅうわけや」

　辻村が揶揄し、諸澄は鼻で嗤ってから、さらに聞いた。

「クラウザーはどんな具合だ」

「あの方は、ちょっと摑みどころがないですね」

　春燕が真顔になった。

「ドイツ人なのは間違いないようですが、仕事のことなどは詳しく話しません。かと言って、デュナンさんのようにあからさまに口説くようなこともなく、非常に紳士的です。真面目で礼儀正しいお方、という印象そのままですわ」

「言い方を変えると、壁を作っている、という感じか」

　春燕は、ちょっと考えてから頷いた。

「確かに、そんな感じは受けますね。でも、単に堅物(かたぶつ)なだけかもしれません」

「わかった。シマノフスキはどうだ。近付けたか」

「いいえ、まだです」

春燕は、済まなそうに眉を下げた。

「堅物と言えば、あの人はクラウザーさんよりさらに堅そうですね。お声をおかけしてみましたが、関心を示されません。女嫌いなのかも」

「春燕さんに声かけられて乗ってこんなんて、男とは言えませんで」

辻村が余計な口を挟み、春燕に冷たい笑みを向けられて慌てて目を逸(そ)らした。

「あまり話をしようとしないんだな」

「ええ。クラウザーさんやデュナンさんとも、親しく話してはおられません」

「そうか。なら仕方がない。粘っても、警戒されるだけだ。監視だけ続けてくれ」

「わかりました」

耕一はここまでじっと話を聞いていたが、さすがに黙っていられなくなった。

「これは……何ですか。つまり、春燕はあの三人の欧州人を、ずっと監視していたということですか」

「そうだよ」

諸澄は、聞くまでもなかろうとばかりに返した。

「春燕は、あなたの部下なんですか」

これには春燕が答えた。

「部下ではありませんわ。雇われていますけど」

まるで、タイピストか秘書でもやっているかのようだ。唖然としそうになる耕一の向かいで、辻村が額を叩いた。

「そういうことですか。こりゃ恐れ入りました」

が、言葉と裏腹に、さほど恐れ入っていない感じだ。既に見当を付けていたのだろう。春燕の言ったのを受けて、諸澄が言った。

「高くつくが、払いに見合った仕事はしてくれている。今回も、ボリスコフに近付いて周辺を探ってもらっていた」

「悪い方ではありませんでしたわ。亡くなったのは、とても残念です」

春燕は、顔を曇らせた。一時、耕一は春燕が隠し持ったデリンジャー拳銃でボリスコフを撃ったのでは、と疑ったが、見当違いのようだ。よくよく考えれば、デリンジャーのような小型拳銃の威力では、心臓を直撃でもしない限り、即死することはないだろう。

ふと、余計な考えが浮かんだ。諸澄と春燕の関係は、本当にそれだけなのか。実はもっと深い仲では、と見るのが自然……。

「先に言っておきますけど、少佐と私とは、今思ってらっしゃるような関係ではありませんわ」

春燕に表情を読まれた。図星を指された耕一はうろたえ、辻村は「滅相もない」と首を振り、諸澄は呆れたように「ふん」と鼻を鳴らした。

「ああ、いえ、失礼。それで、ボリスコフのことですが、監視を続けていたのなら、殺された理由も見当がついているのでしょう」

耕一は咳払い（せきばら）いして、肝心なことを尋ねた。諸澄は珍しく、困ったような顔をした。

「それについては、まだ推測しかできん」

「証拠がない、と？　でも、推測されているなら……」

言いかけて、やめた。諸澄も、ここで耕一に推測を話したくないのではないか。

耕一は方向を変えた。

「塙は、ボリスコフに情報を売っていたんですか」

この問いに対しては、諸澄も即座に肯定した。

「そうだ」

「満鉄から出た情報ですね」

「それに関しては、君がもっと知っていると期待したんだが」

諸澄は耕一の目を覗き込むようにした。期待されても、この前話した以上のことは何もない。庶務課の淵上であれば、立場上、もう少し何か知っているかもしれないが、諸澄の望むようなものはあるまい。耕一は、肩を竦めるしかなかった。

「満鉄絡み以外でも、あちこちで拾い集めた断片的な情報を、ボリスコフだけでなく我が方にも売っていたようだな。大陸浪人を気取っていても、一皮剝けば無節操な卑劣漢だ」

諸澄は、そう吐き捨てた。倶楽部紗楼夢に繁々と出入りしていた塙は、春燕を通じて諸澄たちの監視下にあったわけだ。

「塙が殺されたとき、現場近くで目撃された女は、君だね」

確認すると、春燕が認めた。

「塙さんがボリスコフさんと新しい取引をしたようなので、探りを入れに行ったんですわ。留守なら忍び込んで家捜しするつもりで。でも、行ってみたら塙さんは既に殺されていました」

新しい取引とは、淵上が消えたと言っていた、経済調査会の文書だろうか。

「塙を殺したのは、ボリスコフだと思いますか」

取引がこじれて、機密保持のためにボリスコフが手を下すことは、充分ありそうに思えた。しかし諸澄は、必ずしもそうは思っていないようだ。

「ボリスコフは拳銃を持ち歩いていた。殺すならそれを使っただろう。足が付くのを恐れたなら、絞殺でもいい。奴と塙の体躯の差なら、簡単だ。手近にあった像を摑んで殴る、というのは、いかにも衝動的だ。ボリスコフのような男には、似合わん」

「なるほど。では、誰の仕業だとお考えです」

「今のところ、何とも言えんな」

　諸澄にも、明確な考えはないようだった。

「私も、ボリスコフさんが犯人ではないとしても何かご存知ではないかと、店に来られたときに揺さぶってみました。そうしたら、ご機嫌を損ねてしまって」

　春燕は、辻村に顔を向けて言った。

「あのとき、ご覧になっていたでしょう」

「ああ……ばれてましたか。油断も隙もありませんね」

　辻村は頭を搔いて、照れ臭そうに笑った。

「ボリスコフは、本当に白系露人なんですか。ソ連の指示で潜り込んだということは」

「いや。革命の際にレニングラード……当時はペテルブルグか。そこから身一つで脱出したのは本当だ」

諸澄はボリスコフの素性を、かなりのところまで調べ上げていたようだ。

「革命時は学生だった。家は裕福な商人で、ボリスコフは穏健派のメンシェヴィキを支持して活動していた。だがボルシェヴィキが政権を握ると投獄されそうになり、家族と別れて逃げたんだ。その後両親は死んだが、兄弟姉妹は今もあっちで暮らしているらしい」

「白系露人としては珍しくない経歴ですが、そんな男が、ソ連のスパイになったというのは？」

「兄弟姉妹は当局の監視下にある。人質にして、スパイ活動を強要されたんだ。よくある話さ」

「えげつない連中ですねえ」

辻村が腹立たしそうに言った。ボリスコフとしては、自分一人が逃れた負い目もあるし、従うしかなかったのだろう。

「ボリスコフは悪名高い内務人民委員部（ＮＫＶＤ）ではなく、ＧＲＵだと言っておられましたね。あなた方は、そのＧＲＵが満州国内に築いたスパイ網を、潰そうとしているんですね」

「そういうことだ。だから憲兵に余計な動きで邪魔されたくないんだ」

耕一は大きく頷いた。ソ連のスパイ組織は、恐ろしく有能だとの噂である。それと真っ向勝負するなら細心の注意が必要で、憲兵隊などの介入を避けたいのは、よくわかった。

「では、ボリスコフは大連で手に入れた情報を、運んでいる途中だったわけですか」

　諸澄は返事をしなかったが、無言の肯定であろう。

「とすれば、ボリスコフが殺されたのは……」

　元の話に戻した。やはり諸澄の推測を聞いてみなくてはなるまい。諸澄は数秒考えるようだったが、答えた。

「動機は三通り考えられる。一つ目は、情報を取り戻そうとした誰かがボリスコフを殺し、目的を達した。二つ目は、情報を横取りしようとした別の機関が、奴を殺して情報を奪った。三つ目は、我々がボリスコフに目を付けたのに気付いたGRUが、口を封じて情報を回収した」

　耕一は、一つずつ吟味してみた。確かに、理に適っている。車室からも預けられた荷物からも、情報を記した文書などが見つからなかったのは、犯人が持ち去ったと考えれば納得がいく。

　いや待てよ。ボリスコフを殺した後、文書の類いを見つけ出して持ち出すほどの時間の余裕があっただろうか。それに車室に掛かっていた鍵の問題は解決していないし、預けられたトランクを積んでいた荷物車には、加治軍曹と武装兵がいた。侵入は不可能だ。

「犯人は、情報を持ち去ることができたんでしょうか。そうは思えませんが」

口に出してみると、諸澄は耕一の疑問を認めた。

「やっぱりよく考えているじゃないか」

諸澄も、耕一と同様に思っているらしい。

「一つ目ですが、情報を取り戻そうとする誰か、というと、我々の側の人間です。そんな人物に、心当たりはあるんですか」

諸澄は、春燕と顔を見合わせて笑みを浮かべた。

「あるとも。まさしく、君だ」

「えっ」

耕一は絶句した。しかし、満鉄から出た情報なら、それを回収するのは耕一の役目だ。疑われても仕方がない立場ではある。

「それに君もだ。何しろ拳銃を持ってるしな」

諸澄は耕一に続いて辻村を指差した。辻村の方は、「おやおや」と面白そうに笑っている。

「まさか、僕らを疑ったと？　銃声がしたとき、僕たちは諸澄さんと一緒に二等寝台車にいたじゃないですか」

　憤然としたところで、諸澄が笑いながら手を振った。

「わかっている。そう怒るなよ」

「でも、最初は詫間さんたちが何をする気なのかわからなかったので、一応は疑いましたのよ。今はもう、そんなことはありませんけど」

　春燕が、ふふっと笑って、からかうように言った。その妖艶(ようえん)さに、耕一は背中が震えた。そこで急に、春燕は辻村の方を向いた。

「ねえ辻村さん、あなたは何者でいらっしゃるのかしら」

　これには、当の辻村よりも耕一の方がぎょっとした。辻村については、耕一さえ、松岡総裁の密偵、という以外ろくに知らないのだ。態度が鼻につくこともあるが、一緒に動き出してから有能であることをずっと示してきたため、敢えて追及していなかった。だが疑いの目で見れば、それこそ怪しさ充分である。

「いやあ、こんな綺麗な人に何者ですかと聞かれたら、どう答えたもんか困りますねえ」

　辻村は笑いながらしきりに頭を掻いた。軽く流しているように見えて、答えに窮(きゅう)しているのがわかる。

「君は、旅大(りょだい)電鉄事件のとき調査に関わったらしいな」

いきなり諸澄が言った。辻村の肩が強張る。

「あの件で、いろいろ調べ回っていたそうじゃないか。満鉄の誰かの意向かな」

辻村は曖昧な笑みを浮かべた。

「ご想像にお任せします」

諸澄は無言で応じた。

耕一は、驚愕（きょうがく）していた。旅大電鉄事件は、まさしく耕一の恩人、西島が巻き込まれた詐欺事件だ。あれは耕一の胸に深い傷を残したままだった。まさかあの件に辻村が関わっていたとは。

「松岡さんに雇われたのも、そのご縁ですか」

春燕が聞いた。辻村は一瞬躊躇（ためら）ったようだが、「ま、そんなとこです」と答えた。

「もとはあちこちから依頼を受けて探偵仕事をしていたのが、今は松岡総裁の専属というわけか」

「懐（ふところ）の心配をしなくて済みますんでね」

辻村は諸澄を見返し、もとの薄笑いを浮かべた。それ以上、余計なことは言いたくないらしい。諸澄は辻村の目を覗き込むようにして、二、三度頷いた。

「まあいい。満鉄の書類が絡んでいると思われる以上、君たちの協力はどうしても必要だからね」

諸澄は、場を収めるように言って、取り出した煙草に火を点けた。耕一は動揺を消せないまま、「わかりました」と言うしかなかった。

「で、僕たちの他に情報を取り戻そうとしそうな人は」

「今のところ、そんな奴の情報は入っていない」

「じゃあ、一つ目は置いておいて、二つ目です。横取りしようとする機関とは」

「外国の情報部だ」

「ドイツとか、フランスですか。或いはポーランドも」

クラウザー、シマノフスキ、デュナンの顔を、順に思い浮かべた。だから諸澄は、春燕に三人を監視させたのか。

「しかし、外国が欲しがるような情報って、何です。満鉄絡みの書類なんか、殺人を犯してまで奪う価値があるとは到底思えません」

「それは、君の言う通りだね」

諸澄はあっさり同意して、煙草をくわえた。そこへ辻村が言った。

「そしたら……三つ目の口封じっていう可能性が、一番高いということですか」

「そうなるね」

諸澄は頷いたが、耕一としては賛同しきれなかった。

「しかし、ですよ。列車内で殺すというのは、危険度が高いでしょう。時間が限られるだけに失敗する可能性は大きいし、閉じ込められた空間ですから、容疑者も絞られる。大連市内で強盗の仕業か何かに見せかけて殺す方が、余程安全です」

「うむ。或いは自殺に見せかけて、ね」

諸澄の言葉に、辻村が一瞬、顔を顰めた。一方、耕一は凍りついた。今のは、意識して言ったのか。

「ああ、いや失敬。余計なことだった」

諸澄が詫びるように言った。それではっきりわかった。諸澄は、西島と耕一のことも、全て知っている。その上で、辻村の反応を見たのだ。耕一は改めて辻村の顔を窺った。さっき諸澄に見せた僅(わず)かな緊張は、跡形もなく消えている。耕一は辻村を問い詰めたいのを堪(こら)えた。諸澄はすぐに話を戻した。

「実際、あんな大掛かりな仕掛けまでしたのに、もう一つうまく運ばなかったからね」

「大掛かりな仕掛け？」

何のことだ、と思ったが、すぐに思い至った。どうして今まで考えなかったのか。

「匪賊の襲撃ですか。あれは、ボリスコフが匪賊の撃った流れ弾にやられたと偽装するための大芝居だと」

「あの襲撃が芝居？」

　辻村が目を剝いた。

「そうだ。あまりにもタイミングが良過ぎるだろう。計画されていたと考えるしかない」

「しかし、匪賊を動かすとは」

「あれは、抗日匪賊なんかじゃない。金で雇われた馬賊さ。まさしく西部劇の列車強盗と同じだ。連中にしてみれば、金を貰った上に列車から金目のものを奪えるんだから、いい話だ。だから、機関銃で撃たれた途端、これじゃ算盤が合わないと逃げ出したのさ」

「そういうことですか……」

　ならば、二年前の襲撃のように、線路を破壊して列車を脱線させるようなことをしなかった理由がわかる。雇い主からすれば、車両が破壊されて自分が大怪我を負っては元も子もないし、列車が動けなくなって何日も足止めを食うのも困るわけだ。

「そこまでやったのに、我々の目は誤魔化せなかった、ちゅうことですか。その上、あんたは憲兵を遠ざけるのにこの仕掛けをまんまと利用した。はあ、お見事ですわ」

「まあね」

　さすがに恐れ入った様子の辻村が言うのに、諸澄は満更でもない顔をした。

「馬賊の襲撃を装えば、一等寝台車の車室も荷物車の荷物も、好きなだけ漁れる。情報が隠されているであろう鞄を、堂々と持ち出せるというわけさ」

「でも、襲撃は失敗しました。にも拘わらず、ボリスコフが持っていたはずの情報文書は、見つかっていません」

「それが、大いに悩ましいところではあるな」

　諸澄は考えに詰まったかのように、煙草の煙を天井に吹き上げた。

「詑間さん、何か考えはありませんか」

　春燕に促されては、頭を使わざるを得ない。辻村も耕一の方を見ている。

　耕一は、しばし黙考した。ボリスコフは哈爾浜までの切符しか買わなかった。哈爾浜で満州里まで改めて買うつもりだったかもしれないが、この列車に乗る予定はなかったと考えた方がいいだろう。奴が情報文書を持っていたなら、ソ連に送る手筈があったはずだ。哈爾浜からソ連への道筋は、この列車で満州里へ行くか、浜綏線で綏芬河を経てウラジオストクへ行くか、である。しかし普通であれば、領事館から外交行嚢で送るだろう。

　それを言ってみたが、諸澄は満足しなかった。

「領事館は、常時我々の監視下にある。奴も不用意には近付かん。それに、領事館に持ち込むにしても誰かに託すにしても、情報文書は身に付けていたはずだ」

それは、もっともだった。身に付けていれば、車室で見つからないのはおかしい。

「しかし、他の手段というと……」

書類だけが自分で歩くわけでもないし、誰かに預けるか……。

「チッキ」

ふと口をついて出た。諸澄が顔を向けた。

「何だって？」

「託送手荷物(チッキ)という手があります。荷物だけを列車に載せて送るんです。ボリスコフが別名で大連駅に荷物を預け、満州里に送って誰かが受け取り、国境を通過することはできるんじゃないですか。ボリスコフ自身の手荷物を預けるとき、一緒に窓口に出せば、目立たないでしょう」

「なるほど」

諸澄は煙草をもみ消して、考え込んだ。

「それを預けたとしたら、荷物だけがこの列車に載っているのか」

「おそらく」

諸澄は、いきなり立ち上がった。

「確かめてみても、悪くないな」

十四

荷物掛車掌に扉を開けてもらい、荷物車に入った。中に、加治軍曹と数人の兵がいた。欧亜急行で匪賊を蹴散らした兵たちだ。あのときと同様、軽機関銃が据えられているが、側扉は閉めてあった。

諸澄の姿を見た指揮官の中尉と加治が、さっと姿勢を正して敬礼した。

「こういう場だ。敬礼はいいから」

諸澄は答礼を略して手を振り、加治を手招きした。

「この荷物車に、乗客のもの以外の荷物があるか知りたい」

「あると思います。ちょっとお待ちを」

加治は、連結側の扉の脇に控えていた荷物掛車掌を呼んだ。

「乗客以外の？　託送のもの、ということですか。ええ、こちらに積んでいるのがそうです」

于と名乗った三十過ぎくらいの体格のいい車掌は、荷物車の前方左側に積まれた荷物を指した。行李(こうり)や木箱、大型トランクなど十個ほどだ。諸澄は于車掌と加治たちに言って、調べやすいように並べさせた。

「開けるのですか」

于車掌が心配そうに聞いた。預かった荷物には責任があるので、毀損(きそん)したら大変だ、と思ったのだろう。しかし、関東軍の要請を拒否はできない。

「場合によっては」

諸澄はそれだけ言うと、荷札を検め始めた。

「大連からは、これだけか」

十個の荷物のうち、七個は哈爾浜と新京からのものだった。大連駅から満州里駅への荷札が付いているのは、縄を掛けられた行李二つと大型トランク一つだった。

「もっと何個もあるかと思ったけど」

辻村が、期待外れとばかりに肩を落とした。だが無論、調べるには少ない方が有難い。

「加治軍曹」

諸澄が加治を呼んだ。

「大連駅で、ボリスコフが手荷物を預けるところを見ていたろう。この三つに、ボリスコフが預けたものはあるか」

加治は首を捻った。

「いいえ。自分が確認したところでは、奴が預けたのはトランク一個です。ただ、チッキを預けることは想定していませんでしたから、横に置いておいて赤帽か駅員に取りに行かせたりした場合は、わかりません」

加治は、ボリスコフが事務所を出て欧亜急行に乗り込むまで、監視していたようだ。その加治が確認できない、と言うなら、空振りかもしれないな、と耕一はがっかりした。

「気になるのは、このトランクだ」

諸澄は爪先で茶色い革の大型トランクをつついた。留め具に触れたが、当然ながら鍵が掛かっている。諸澄はポケットから何やら道具を取り出すと、鍵穴に突っ込んだ。辻村が目を瞬(しばたた)く。

「特務機関ちゅうのは、錠前破りも得意みたいですね」

辻村が囁くのを、目で止めた。于車掌が、はらはらしながら見ている。

鍵は数秒で開いた。留め具を跳ね上げ、蓋(ふた)を持ち上げる。中には、厚地の布が何枚も重ねて入れられていた。本のようなものもある。

「何だ、これは」

ぶつぶつ言いながら、諸澄は布地を全部出して広げてみた後、トランクの内張りを探った。内張りの中に書類を隠していないか調べているのだ。が、何も見つからなかった。耕一は、本のようなものを広げてみた。小さな四角い布地が一頁ごとに貼り付けられ、仕様と値段が書いてある。耕一は荷札の宛先を確かめ、納得した。

「大連の布地屋から満州里の家具屋に宛てた、カーテン生地の見本ですね」

「カーテンか」

諸澄は渋い顔になり、念のため縄を解いて行李も確かめるよう言った。加治と辻村が指示通りに開いてみたが、一つには毛布、もう一つには秋冬用の着物とコートが入っているだけだった。満州里に赴任している誰かに家族が送ったようだ。

「済みません。見当違いだったようです」

結局何も見つからず、耕一は無駄手間になったことを詫びた。諸澄は、気にすることはないと言った。

「一つ一つ確かめていくのは、無駄じゃない。また何か思い付いたら言ってくれ」

諸澄は後始末を加治と于に任せ、耕一と辻村を連れて一等寝台車に帰った。

車室で待っていた春燕に空振りだったと告げたが、「そうですか。それは残念でした」と軽く言っただけだった。あまり期待はしていなかったようだ。

「こうなると、やはり情報文書は既に犯人の手の内にある、と考えた方がいいんでしょうか」

耕一は考えあぐねて言った。だがどう考えても、ボリスコフの殺害後に書類のようなものを持ち出す機会があったとは思えない。殺害前なら幾らでも機会はあっただろうが、書類を手に入れていれば、列車を降りてからでもボリスコフを殺せたわけで、馬賊を使ってあんな大芝居を打つ意味はないだろう。

「それは、ないと思うね」

諸澄がにべもなく言った。耕一は両手を上げた。

「お手上げです。どうでしょう、視点を変えませんか」

「あら。どうしますの」

春燕が興味深そうな顔をした。

「ボリスコフ殺しを誰がどうやって行ったか、です」

「それの再検討か。君、考えていることがあるのか」

諸澄の顔に、面白がるような色が浮かんだ。軽く見られたようで、耕一は少し苛立った。

「車外から撃たれたというのが非現実的である以上、やはり容疑者は、ボリスコフの二号室を挟んでいたクラウザーとシマノフスキ、強いて加えればデュナンと、合鍵を持っていたボーイの劉でしょう。ここまではいいですよね」

諸澄は「ああ、そうだ」と返した。春燕は、黙って聞いている。

「しかし劉が、クラウザーやシマノフスキの目に留まらずに二号室に出入りして殺人を犯すのは、不可能ではないにしてもかなり危険でしょう。劉なら、常に車両の端にいたのですから、もっと安全確実な方法を採れる。ボリスコフが手洗いに行ったところを狙うとか、ですね」

「手洗いで狙うなら、他の乗客にもできるよ」

諸澄が口を挟んだが、耕一はすぐ否定した。

「それだと逆に、劉に目撃されます。共犯という考えもできますが、そこまで言い出すときりがない。やはり容疑者は、三人の欧州人です」

「確かに」

辻村が頷いて、春燕に目を向けた。

「春燕さんによるとデュナンは無害、ちゅうことでしたね。そしたらやっぱり、二号室の両隣にいた二人のどちらか、ですやろね」

諸澄が、また面白がるような顔で耕一と辻村を交互に見た。

「一見論理的だが、君らの言い方だと、証拠らしい証拠はないじゃないか。それに扉の鍵の問題があるぞ」

そこを衝かれると痛い。

「詫間君のことだから、とうに下手人(げしゅにん)を割り出してると思ったんだが」

一瞬、からかわれたかと思った。だが、諸澄の目を見ると、そうでもないようだ。そこで耕一は目を見張った。

「もしや諸澄さんは、既に犯人を特定しているんですか」

諸澄はそれには答えず、思わせぶりに微笑んだ。

「君はもう見てるじゃないか。全開だった窓。車体の外側に僅かに付いていた血痕。死体の倒れ方。それだけあれば、結論を出せるんじゃないのかい」

「いや、確かにそうですが」

耕一は辻村と顔を見合わせた。そう言われても、すぐには意味するところがわからない。苛立ったらしい辻村が言った。

「しかし犯人がわかってるなら、なんで捕らえへんのです」

「情報の書類がどうなったか、はっきりさせる必要がある」

しばらく泳がせて監視する、というわけか。しかし満州里に着けば、国境を越えて逃げられないように足止めしなくてはならない。諸澄は、それまでに決着させるつもりか。

「時間はまだだいぶある。ゆっくり考えてみたまえ」

諸澄は宿題を与える教師のように言って、席を立った。春燕も立ち上がり、微笑みと香水の残り香を置いて自室へ帰った。耕一は、時計を見た。午後四時少し前。満州里まで、あと十九時間余りだ。その間に、答えが出せるだろうか。

だが耕一には、もっと気になることがあった。あれを聞いてしまった以上、黙って二人で顔を突き合わせているのは苦痛でしかない。

「なあ、辻村君。旅大電鉄事件のことだが」

意を決して、正面から聞いた。

「君はどういう風に関わっていたんだ。誰に雇われて調査を」

辻村は耕一に問われるのを、当然承知していただろう。さっきと同様、曖昧に微笑んだ。

「一応、満鉄の理事の一人に雇われた格好になってますがね。調査は僕自身の意思でやりました」

「なぜ君自身が調べようと思ったんだ」

「個人的事情、と言うておきましょう」

辻村は微笑んだまま、耕一を見返している。詳細は語れない、ということか。だが耕一には、どうしても聞いておきたいことがあった。

「君は、西島さんの自殺についてどう考える。彼は本当に有罪なのか」

辻村の顔が、急に強張った。

「聞いてどうします」

「西島さんは恩人だ。聞けることは全部聞きたい」

辻村は黙って唇を噛んだ。その目付きから、耕一と西島の関係については、辻村も知っていると確信した。耕一はさらに一言、聞いた。

「西島さんは、自殺なのか」

辻村は、きっと耕一を睨み返した。

「自殺です。それは間違いありません」

いつも見せている軽薄そうな調子は、微塵もない。今はこれ以上語る気はない、とはっきり示しているようでもあった。思わずたじろぐと、急に辻村は表情を緩めた。

「いずれ、お話ししますよ。今は、目の前にある問題を片付けることに専念しましょうや」

両手を広げて、話はこれまでとばかりに辻村が言った。耕一は、頷くしかなかった。

十五

やがて日が暮れた。九〇三列車は斉斉哈爾(チチハル)市の入口である昂昂渓(こうこうけい)駅を出て、大興安嶺山脈の裾野へと進んでいた。山脈を越えると海拉爾(ハイラル)の町があり、線路はそこから砂漠を横断して満州里に至る。まだ道のりの三分の一ほどを来たところだった。

また諸澄が誘いに来たので、食堂車に行った。そこでは、春燕がシマノフスキとテーブルについていた。ようやく誘うのに成功したか、シマノフスキが一人で食事中だったところへ強引に割り込んだかは、わからない。後方のテーブルにはクラウザーとデュナンがいた。デュナンがちらちらと春燕の方を見ては、ひどく残念そうな顔をするのが、何とも滑稽(こっけい)だった。クラウザーの方は、全く春燕を気にしていない様子だ。内心は不明だが。

主菜は羊肉の料理だったが、味は欧亜急行の食堂車の方が良かった。これは担当部署に改善を意見してやった方がいいか、などと耕一は余計なことを考えた。諸澄はちゃんと味わっているのかどうか、黙々と料理を口に運んでいる。辻村も、欧亜急行のときと違って、味を気にしている様子はなかった。

春燕のテーブルでも、会話ははずんでいない。春燕がしきりに話しかけているのだが、シマノフスキはごく短い返事しかしていないようだった。デュナンは、無粋で失礼な奴と思っているのか、シマノフスキを時々睨むようにしている。少なくともこの三人が共犯関係にある、という線はなさそうだな、と耕一は思った。

午前零時、博克図に着いた。峠越えの基地になる、機関庫のある大駅だ。線路はこの先、興安嶺の頂部へと上り、壮大なループ線を経て、およそ三千メートルある満州最長の興安嶺トンネルを抜け、下りにかかる。ただし、峠越えとは言っても内地のように峻険な山のない興安嶺山脈では、丘の連なりを越えていくような感じだ。耕一も一度、昼間に通ったことがあるが、雄大ではあるものの崖も渓谷もない単調な風景に、拍子抜けした覚えがあった。

十五分停車した後、博克図を発車した。耕一は通路に立って、流れていく駅の灯りをぼんやりと眺めた。寝台に入ったものの、どうも寝付けなかったのだ。欧亜急行襲撃から丸一日も経っておらず、記憶は細部まで鮮明だ。深夜、山越えの最中に何かが起こらないだろうか。哈爾浜からここまで、何事もなく順調だったというのに、そんな予感が頭から離れなかった。

また寝台に入ってみたが、やはり眠れない。輾転反側した後、諦めて起きた。窓の外には灯り一つ見えない。それでも月が照っているおかげで山の輪郭などはわかる。山脈にだいぶ分け入ったようだ。時刻を確かめると、一時半になろうとしていた。時刻からすれば、ちょうど興安嶺ループ線にかかる頃だ。四年前、張学良軍の残党が蜂起したホロンバイル事件の折、鎮圧に向かう我が軍用列車を妨害しようとした敵を阻止してこの地で戦死した、荒木(あらき)工兵大尉の碑がこの辺りにあるはずだった。

ごそごそと音がして、上段から辻村が下りてきた。耕一の寝台を覗いて、ニヤリとする。

「眠れませんか」

「君こそ寝てなかったのか」

「有名なループ線とやらがあるんでしょう。ちょっと見物をと」

「暗くてよくわからんぜ」

なに、構いませんよと辻村は窓から外を見る。どうやら見物というより、この人里を遠く離れた山中が最も危険と踏んで、警戒しているようだ。それは耕一も同様だった。

高低差百メートルを克服するため、大きな円を描く形で造られたループ線は、千分の十五の勾配である。内地の鉄道で考えればさほど厳しい勾配ではないが、列車の速度はぐっと落ちた。今は時速三十キロくらいだろうか。欧亜急行のように馬賊に追われたら、忽(たちま)ち追いつかれるが、この山中に馬賊がいるという話はなかった。

緩やかにカーブを曲がっているな、と感じたとき、辻村が「あれ」と呟いた。耕一はぎくりとした。

「どうしたんだ」

「線路際を五、六人ほど歩いてたんですよ。ツルハシとか持ってたみたいなんで、線路工夫でしょうね」

ああ、そうかと耕一は緊張を緩めた。こんな人里離れたところで夜の夜中に、大変な仕事だな、と耕一は心中で労いの言葉をかけた。

煙草を取り出そうとして、ふいに気が付いた。ここで線路工夫？　耕一は煙草を放り出し、唖然とする辻村を残して廊下に飛び出した。諸澄の車室の扉に取り付き、激しく叩く。

「いったい何だ」

諸澄がすぐに扉を開けた。諸澄も、眠っていなかったらしい。音に気付いたか、春燕も自室の扉から顔を出した。まだ何事かわかっていないような辻村も、車室から出てきた。

「線路工夫です！」

いきなり怒鳴ると、諸澄が呆れたような顔をした。

「線路工夫がどうした」

「今しがた、辻村君が工夫の一団を見ました。でも、こんなところにいるはずがないんです」

「いるはずがない？　ここだって線路だろう」

　諸澄は耕一の言いたいことが呑み込めないようで、戸惑いを浮かべている。

「今は真夜中ですよ。大連や奉天の近くならともかく、ここみたいに列車本数が少なければ、保線作業は昼間にやります。照明もなしに、獣に襲われる危険を承知で作業なんか、できやしません」

　諸澄の顔色が変わった。耕一の考えていることを理解したようだ。

「列車を止めろ！」

　諸澄が叫んだ。車掌に知らせる暇はないかもしれない。耕一は、天井に通された非常制動用のロープを思い切り引いた。

　一拍置いて、急激に速度が落ちた。車輪の軋む音が響く。状況を理解したらしい辻村は車室に駆け戻った。拳銃を取りに行ったのだろう。耕一と諸澄は、車掌が来たら状況を説明するよう春燕に言い残し、荷物車に走った。

　なぜ急停車したのかわからずうろたえ気味の車掌を叱咤し、荷物車に飛び込んだ。加治軍曹が緊張の面持ちで立っている。

「襲撃の恐れがある！　全周警戒せよ、急げ！」

　兵たちが弾かれたように動き、荷物車の側扉が開けられて機関銃が突き出された。

「加治軍曹、列車の後方に、線路工夫に化けた連中がいる。一個分隊連れてそいつらを制圧しろ」

加治軍曹が敬礼し、隣の荷物車の扉を開けた。指揮官の中尉が大声で命令を叫び、兵士たちが何人か、線路脇に飛び降りた。加治もすぐに飛び降り、月明かりを頼りに後方へと走った。

「前方を調べる。一個分隊一緒に来い。中尉、君は残りと一緒に列車を守れ」

中尉が、承知しましたと勢いよく敬礼した。耕一は、諸澄に続いて線路脇に出ると、機関車の方に走った。前の荷物車から降りた兵が、十人ほど続いた。そこへ一等寝台車から飛び降りて走ってきた辻村が合流した。荷物車から漏れた灯りで、手に握ったブローニングの黒い影が見えた。また不得手な荒事になってしまうのか、と耕一は心中で嘆いた。

機関車の運転台の横に来たとき、機関士に呼び止められた。

「一体何が起きてるんです」

「襲撃されるかもしれません。運転台から出ないで下さい。それと、列車を動かさないように」

機関士が仰天した。昨夜の欧亜急行の事件を思い出したらしい。

「まさか、この列車を」

「ええ。何か普通と違うものに気が付きませんでしたか」

「ああ……さっき、線路際を歩いてる連中がいました。あいつらですか」

「他にもいるかもしれません。前の方はどうです」

諸澄たちが走っていった方を指して聞いた。機関士はかぶりを振った。

「前照灯の光の届かない先は、わかりません。しかしさっきの連中、確かにこの先から来ましたね。あっちで何かやってたかも」

耕一は、わかりましたと機関士に言って、諸澄たちを追った。辻村がすぐ後に続く。

機関車から三十メートルばかり進んだとき、カーブの先に黒い影が見えた。諸澄と兵士か、と思ったが、その影はもっと手前だ。耕一はぞくりとした。やはり、襲撃が行われるところだったのだ。

そう思った刹那、黒い影のところで光が瞬いた。同時に、パンパンという音が響く。発砲しているんだ、とわかり、思わず身を竦めた。

諸澄たちが応戦を始めた。前方で、次々に光が走る。銃声は、どちら側のものか全くわからない。しかしこの暗さでは、まともに命中すると期待できないのではないか。

後ろからも、連続した発射音が聞こえた。ずっと前方で、着弾したらしい火花が上がる。敵の発砲炎に向けて、荷物車の機関銃を撃ち始めたのだ。

「だいぶ賑やかになってきましたねえ」

拳銃を構えて蹲っている辻村が言った。どこか楽しんでいるような響きがある。胆が太いのかお気楽なのか、と耕一は訝った。昼間、旅大事件について聞いたときの硬さは、微塵も見えない。ちょっと口惜しいが、こういう場面での辻村は心強かった。

前の暗闇で、悲鳴が幾つも上がった。命中したらしい。だが、敵はまだ発砲をやめない。加治軍曹の向かった後方がどうなっているのかも気になった。そちらでも銃声が聞こえたように思ったが、前の銃声の方が騒々しくてよくわからない。

身を低くして見守っていると、急に敵側からの銃火が衰えた。弾丸が尽きかけているのか。よく見ると、敵側の黒い影が慌てたようにばらばらと動いている。退却する気だ。諸澄たちはその影を狙って撃っているようだが、追撃するのだろうか。

諸澄たちが、慎重に前進を始めた。耕一もいつまでもじっとしているわけにいかず、間合いを取ってへっぴり腰でじりじり進む。辻村は銃の構えを崩さず、一歩一歩確かめながら歩いている。線路の横の斜面は緩やかだが、そちらに逃げて標的になるのを警戒しているのか、敵は線路の上を後退しているようだ。どこかこの先に、馬でも用意しているのかもしれない。

ふいにはるか前方に小さな灯りが見えた。敵のさらに向こうだ。敵の影が、驚いたように動きを止めた。

「何をしているか。止まれーッ」

そんな叫び声が遠く聞こえた。満州語だが、明らかな日本訛(なま)りがある。味方のようだ。挟み撃ちされた敵は、ばらばらになって斜面を駆け下り始めた。耕一たちの方からは暗くてよく見えないが、諸澄と兵士らには見えているようで、斜面の下に向けて狙い撃っているのがわかった。

「おーい、これは何だ」

今度は日本語の叫びだった。諸澄が叫び返す声が聞こえた。

「列車が襲われた。奴らを逃がすな」

ずっと前方の光は、懐中電灯だったようだ。その周りから、発砲炎が上がるのが見えた。耕一は慌てて伏せた。諸澄の声に応じて、斜面に逃げた敵を撃っているらしい。斜面の中ほどから、悲鳴や何かが倒れる音がした。

戦闘は、十分足らずで終わった。発砲が止むのを待って耕一は起き上がり、前方に走った。懐中電灯が幾つか揺れ、その明かりに諸澄たちの姿が浮かび上がっている。格好の標的になりそうだが、それを気にしていないということは、敵は逃げたか制圧されたのだろう。よく見ると、数人の男が線路上に蹲っていた。服装からすると、海拉爾周辺、ホロンバイルに住む部族のようだ。

諸澄は、懐中電灯を持った下士官と話していた。耕一たちが駆け寄ると、諸澄は振り向いて「そっちに怪我はないか」と聞いた。耕一が大丈夫だと言うと、諸澄は頷いて目の前の中年の下士官を手で示した。

「こっちは興安嶺トンネル守備隊の栗山曹長だ。巡回中に騒ぎが聞こえたので、駆け付けてくれた」

曹長が、懐中電灯を下げて耕一に敬礼した。

「今、少佐殿から状況をお伺いしておりましたが、まさかここで列車襲撃とは、正直驚きました」

人の良さそうな栗山曹長は、心底驚いているようだ。そう言えば、興安嶺トンネルの坑口にはロシアが建設した時代からずっと、守備隊が置かれている。普段は平穏な山中だが、銃声が聞こえたので、押っ取り刀で駆け付けてくれたらしい。

「曹長、ちょっと線路を照らしてくれるか」

諸澄が指示し、懐中電灯の灯りにレールとバラストが浮かび上がった。

「おや、こいつは……。バラストに何か埋まっております」

栗山が示した箇所を見ると、整然と敷かれたバラストが乱れ、黒い塊が覗いている。塊からは、電線が延びていた。耕一の背に冷や汗が噴き出した。

「爆薬ですか、こりゃ」

辻村が目を見張った。諸澄は、予想していたらしい。動じた風もなく言った。

「そうだ。列車を爆破するつもりだったのさ」

諸澄は線路に屈（かが）み込むと、ちょっと触れて確かめただけで、電線に手を掛けて一気に引き抜いた。栗山がびくっと肩を動かした。

「専門の工兵の仕事なんかじゃない、簡単なものだ。もう大丈夫だから、爆薬を撤去してくれ」

列車に警乗していた兵と栗山の部下が協力して、半ばバラストに埋まっていた爆薬を掘り出し、線路脇に置いた。彼らも素人だから、おっかなびっくりだ。

「機関銃の弾が当たっていたら、爆発していたんじゃないですか。危ないところでした」

機関銃手は爆薬など念頭に置かずに撃っていただろう。危うく諸澄たちまで吹き飛ばされるところだったが、諸澄自身は気にもしていないようだ。

「奴らもそれを怖がって、機銃弾が着弾し始めたらいきなり逃げ出した。おかげで短時間で制圧できたがね」

「この連中も、欧亜急行を襲った馬賊と同じく、雇われたんですやろなぁ」

辻村が辺りを見回して言った。銃を突きつけられて跪（ひざまず）いている捕虜は五人。他た。

に、撃ち斃された数人が地面に横たわっている。耕一は彼らの着ているものを指し
「奥地の部族のようですが、野盗でもやってたんでしょうか」

「それに近いかな。大方は、先年海拉爾で蜂起して鎮圧された張学良軍の残党だろう。寄る辺がなくなったところに、新たな雇い主が現れて、今は専らそいつらのために働いてるんだ」

「新たな雇い主とは……」

「決まってるさ。ソ連だよ」

なるほど、と耕一は唸った。ソ満国境には、常に双方の大規模な兵力が張り付いている。ソ連と満州国の間で戦端が開かれれば、味方にした満州国領内の部族に関東軍の後方を攪乱させる、というのは充分に考えられることだ。しかし、そんな連中を使ってくるとは、ソ連もずいぶん大胆だ。

「ここまでやるなんて、ボリスコフの運んでいた情報とは、それほどに重要なものなんでしょうか」

「そうだねえ」

諸澄の応答は、やはり曖昧だった。

「でも、ですよ。爆破とは、大袈裟過ぎませんか。欧亜急行では、そこまではやら

なかった」

これに関する答えは、諸澄も用意していた。

「欧亜急行の襲撃で、我々が機関銃を装備していることがわかったからね。荷物車を破壊して警乗兵を取り除く必要があったのさ。平坦な大連・哈爾浜間と違って、この勾配区間ではスピードが出ない。おそらく、三十キロ以下だろう。それぐらいの速度なら、正確に警乗兵の乗った荷物車だけを爆破できるし、脱線しても横転して転落しない限り、客車に乗っている雇い主が死んだり重傷を負う可能性は低いからね」

「なるほど。少なくとも、奴らはまだボリスコフの書類を手に入れておらず、それがこの列車で運ばれている、と確信しているわけですね」

言ってから、耕一は首を傾げた。

「しかし、どこにあるんでしょう。荷物車にはありませんでしたし」

「奴らがどう考えているかはわからん。君と同じように、託送手荷物(チッキ)に入れて荷物車に積まれていると考えたのかもしれんな」

それならば、爆破のような荒っぽい手段を使っても、脱線した荷物車から積み荷をごっそり奪えばいい。確かにあり得るが、諸澄の本当の腹の内は読めなかった。

後方から、バラストを踏む複数の足音が聞こえてきた。

た。

「少佐殿」

加治軍曹の声だ。後方を片付けて戻ってきたらしい。諸澄がそちらを振り向いた。

「おう。どうだった」

「はっ、五人おりました。抵抗しましたが、ツルハシの他は拳銃二挺しか持っておりませんでしたので、すぐ制圧できました」

見ると、加治の後ろに兵士たちに囲まれた黒い人影が五つ、見えた。全員、手を頭の後ろで組まされている。撃たれたらしく、足を引きずっている者もいた。

「全員捕らえたか。ご苦労だった」

「恐れ入ります。こいつら、どうしましょうか」

諸澄は眉間に皺を寄せた。

「聞きたいことは山ほどあるが、今は時間がないな」

諸澄は、栗山を呼んだ。

「栗山曹長、トンネルの哨所には捕虜を収容する場所があるか」

「はい、あります。この人数だと、少々狭いですが」

「それは我慢させておけ。一両日中に哈爾浜に護送するための手配をしておく。それまで預かってくれ。それと、死体の収容も頼む」

「はっ、承知いたしました」

　栗山は、身を固くして敬礼した。単調なトンネル警備の任務のはずが、俄に大事件に巻き込まれたのだ。仲間が奪還を企てる可能性は低いとはいえ、しばらく栗山たちは緊張を強いられるだろう。


　捕虜を数えると、十四人いた。一行は栗山たち警備兵を先頭に、捕虜を挟んで列車の警乗兵が後ろを固めるという形で、トンネルに向かって歩き出した。兵士四人が、掘り出した爆薬を注意しながら運んでいる。歩く速度で後ろをついてくる九〇三列車の前照灯が、全員を照らし出していた。

「客車の方じゃ、何が起きたかと心配しているでしょうね」

　耕一は、歩きながら諸澄に言った。

「特にデュナンなんかは、二日続けて列車が襲われるとは何事かと、大騒ぎしてるんじゃないでしょうか」

「あいつなら、うるさくいろいろ言いそうだな」

　緊張が解けてきたようで、諸澄も苦笑した。

「ところで、さっきもちょっと考えたんですが」

　耕一は、前を行く兵士を意識して声を落とした。

「ボリスコフが、クラウザーかシマノフスキかデュナンに、書類を託したとは考えられないでしょうか。彼らなら、正規の旅券を持っていますから堂々と国境を通過できます」

「ああ。あり得なくはないね」

諸澄は、気楽な調子で応じた。その態度で耕一も気付いた。

「それについては、もう手は打ってあると？」

諸澄が不敵な笑いを浮かべる。

「春燕ですか」

諸澄は耕一にちらりと目を向け、小さく頷いた。

「高い報酬を払ってるんだ。しっかり働いてもらわなくちゃね」

冗談めかした答えが返ってきた。耕一は口をつぐみ、ひたすらトンネルに向けて歩き続けた。

十六

興安嶺トンネルの坑口手前で列車は停止し、諸澄と耕一と辻村、警乗兵たちが乗り込むのを待った。トンネル坑口は石造りのしっかりした建物になっており、そこに守備兵が詰めている。詰所と言えば大抵小屋のようなものだが、ここはずいぶんと立派で、西洋の城塞（じょうさい）のように見える。

サーチライトで照らされた坑口の前には、栗山曹長以下の守備兵が整列し、敬礼で列車を見送ってくれた。諸澄たちが答礼すると、列車は汽笛を高らかに鳴らし、城塞の門をくぐっていくかのように、トンネルへと進入した。

一等寝台車の車内に入ると、通路で三人の欧州人が待ち構えており、その後ろに車掌と春燕がいた。欧州人たちは諸澄の顔を見ると、口々に喚（わめ）き出した。何が起こったのか説明を求めているようだ。デュランなどは、顔を真っ赤にして拳を振り回している。

無理もない、と耕一は同情した。いきなり列車が急停止し、発砲炎の閃きが見えて銃声が聞こえ、その後最徐行で動き出し、何人もの兵士が取り囲む中、トンネル手前でまた止まる、という体験をしたのだ。これで説明もなしに放っておかれたのでは、不安になるのは当然だろう。

辻村がロシア語とフランス語を駆使して、彼らを宥（なだ）めた。もう危険は去ったから安心しろ、と手短に話したようだ。こういうときは、厳めしい諸澄より当たりの柔らかい辻村の方が向いているのかもしれない。クラウザーとシマノフスキは不承不承という顔で車室に戻った。しかしデュランは収まらないようで、なおも興奮して唾を飛ばしている。次第に辻村の顔にも朱がさしてきたところで、春燕が割って入り、デュランに何事か囁いた。するとデュランは目を瞬き、急に胸を反らすと、諸澄を一度睨みつけて車室に入った。

「いったい、何て言ったんだ」

耕一は驚きを隠せずに春燕に聞いた。春燕は、くすっと笑った。

「お国のナポレオン大将軍は、敵の大軍が目の前に迫っても、悠然と構えていらし

たそうですわ、と言って差し上げましたの」

なんと、春燕は語学だけでなく歴史学にも詳しいのか。

「それって、本当なのかい」

「さあ。出まかせでしたけど、効き目はあったみたい」

辻村が手を叩く。

「さすが春燕姐さん、あの騒がしい記者を、すっかり手玉に取りましたね」

耕一も吹き出した。まったく恐れ入る。

「あの、私も状況がさっぱりわかりませんで、お客さんにとにかく車外に出ないで

下さいと言うのが精一杯だったんですが」

大久保と名乗った旅客専務車掌が、額の汗を拭きながら言った。

「いやあ、済まなかった。しかしどうにか、無事に片付いたよ」

諸澄が、線路を爆破しようとした賊を制圧した旨を、かいつまんで話した。さほど危機的ではなかったようにぼかしていたが、大久保はすっかり青ざめた。

「ば、爆破ですか。とんでもない話です。この先、もう危険はないんですか」

「大丈夫だ。もう満州里まで、襲われることはない」

諸澄はそう請け合った。大久保は他の乗務員に説明すると言って後部に戻り、諸澄もさすがにくたびれたと言って、車室に引き上げた。日本人と満人の乗客は、騒ぎ立てぬが吉と考えたか、車室に籠っているようだ。辻村も軽く春燕に手を振って車室に入った。通路に残った耕一は、春燕に尋ねた。

「君、諸澄少佐の指示で、あの三人がボリスコフの秘密書類を持っていないか調べたのかい」

「ええ、調べましたわ」

春燕は、請求書の確認でもしたかのように軽く答えた。

「で、どうだった」

「見られるところは見たんですけど、ありませんでした。どこかに隠しているのなら、捜すのは簡単ではないでしょうね」

「見られるところは、って……鞄とかを検めたのか」

「ざっと、だけです。詳しく見る時間はありませんでした」

いつの間に、と思ったが、よく考えれば、さっきの騒動の間を含め、機会は何度かあっただろう。これからは春燕がいる場所では、鞄にしっかり鍵を掛けねばなるまい。

「でもご心配なく。満州里で詳しく調べられるよう、ちょっと手を打っておきました」

春燕は意味ありげに微笑むと、真っ赤な唇を突き出して片目をつぶってみせた。耕一は、うなじの毛が逆立つのを感じた。

「手を打ったって、どんな……」

聞こうとしたが、春燕は既に身を翻（ひるがえ）していた。


自室に戻って寝台に横になると、疲れがどっと噴き出し、忽ち瞼（まぶた）が重くなった。はっとして目が覚めたときには、もう外は明るくなっていた。大きく伸びをして寝台から身を起こす。列車は興安嶺を越え、ホロンバイルの平原に入ったらしい。時計を見ると、七時を過ぎている。予定よりも、おそらく一時間近く遅れていた。あの事件を経てこの程度の遅れなら、立派なものだ。

耕一は窓を一杯に開けた。平原を渡る風が、一杯に吹き込む。心なしか、砂漠の香りがするようだ。

窓から首を出した。勾配区間が終わって、列車の速度はだいぶ上がっている。激しい風圧を浴び、顔を背けて後方を見た。後ろの五両の客車と郵便車に、異常はないようだ。三等車の乗客たちは、昨夜の事件をどう捉えただろう。怯えて身を潜めていたか、それとも標的は一等車で自分たちには関係ない、と開き直っていたろうか。

ふと思い出し、前方に向き直った。諸澄の車室の窓に目をやる。それから再び首を巡らし、後ろ隣の春燕の車室の窓を見た。耕一は数秒そのままの姿勢でいた後、体をのけ反らせ、車室内に倒れ込んでみた。背中が壁にぶつかり、そのまま床に滑り落ちた。

「なんだ、それだけの話か」

一人で肩を竦めて呟くと、音で気付いたらしく上段から辻村が顔を出した。

「何をやってはるんです」

「ちょっとした解析だよ」

窓を閉め、通路に出て諸澄の車室の扉を叩いた。起き出した辻村も怪訝な顔でついてきた。

「やあ、おはよう。食堂車の朝飯には、ちょっと早いようだが」

顔を出した諸澄は、昨夜の襲撃などなかったかのように爽やかな調子で言った。

「ちょっとお話が。いいですか」

　諸澄は「いいよ」と応じて、耕一と辻村を室内に通した。

「ボリスコフを撃った犯人ですが」

　寝台の端に腰を下ろすなり、前置きは飛ばしていきなり言った。諸澄は、さして驚いた様子も見せなかったが、辻村の方は「えっ」という風に目を見開いた。

「解けたかね」

「はい。シマノフスキですね」

　諸澄はちょっと眉を動かして、「そう思った理由は」と尋ねた。耕一は頷いて考えを述べた。

「ボリスコフの車室には鍵が掛けられ、侵入の形跡はありませんでした。かと言って、車室内にいるところを窓を通して狙撃されたのでもない。車体の外板、ボリスコフの二号室と後ろの三号室の間に、僅かに血痕がありました。あそこに血が飛ぶということは、撃たれたとき、ボリスコフの頭は窓の外にあったわけです」

「窓から首を出しているところを撃たれた、と言うんだね」

「ええ。後ろの三号室の窓から突き出された拳銃に、撃たれたんです。拳銃は窓から外に投げ捨てればいい。後で見つかっても、匪賊が落としたものだと思われるだけです」

「走行中の列車から顔を出していたなら、撃たれたとき飛んだ血は、どっちから撃たれても風圧で必ず後ろに流れる。前から撃たれたのでないと思った理由は」

「ボリスコフの死体は、車室の壁際に倒れていました。壁に背中をぶつけ、そのまま滑り落ちて片側に倒れた、という格好です。壁は進行方向側、つまり一号室側です。ボリスコフが、拳銃を見て体を引こうとした瞬間に正面から撃たれたら、体はそのまま室内に入って、背中側に倒れます。つまり、後ろの三号室側から撃たれたときは、一号室側の壁の方へ倒れる。前の一号室側から撃たれたときは、三号室側の寝台の方へ倒れるでしょう」

「だから、壁際に倒れたボリスコフを撃ったのは、三号室のシマノフスキに違いない、と」

「ええ、そうです」

耕一は、これでどうだと諸澄の顔を見た。諸澄は、ニヤリとして手を叩いた。

「オーケイ。正解だ」

耕一は、ほっと一息ついた。辻村が「なるほど」と額を叩いた。

「恐れ入りました。きっちり理屈が通ってますわ」

声に含まれる賞賛を感じ取って、耕一は少し気を良くした。だが、疑問はまだ幾らでもある。

「シマノフスキは何者なんです」

「まあ、ポーランド人ではあるまい。ソ連人とみて、間違いなかろう」

辻村が聞いた。

「旅券は偽物やということですか。奴もソ連のスパイちゅうことですね」

「だろうね」

諸澄は、事もなげに言った。続いて耕一が聞く。

「なら、前にあなたが言われたような口封じですか」

「その可能性が大だが……」

諸澄は、ちょっと首を傾げた。

「粛清かもしれん」

「粛清?」

馴染みのない単語だったらしく、辻村が眉間に皺を寄せる。

「ああ。ソ連のスターリンは、猜疑心が強いらしい。競争相手を強引に排除して、乗っとるように権力を握った男だ。そうなるのも当然だな。少しでも忠誠を疑われた者は、殺されるかシベリア送りになっているという話だ」

さすがに特務機関では、ソ連内部の情報をいろいろな方面から集めているようだ。

「満州にいる白系露人のスパイまで、その対象になるんですか」

「疑い出せば際限がなくなる。あり得なくはないだろう」

その話は、耕一の知る世界の範囲を超えているように思えた。同様に感じたらしい辻村が、事件現場に話を戻した。

「ボリスコフは、なんで窓から首を突き出したんですやろ。まさか、撃ってくれと首を差し出したわけでもないでしょう」

「それは、何か理由があったんだろう。今ここではわからん」

諸澄も、全てお見通しというわけではないらしい。

「あと五時間もすれば満州里に着きます。シマノフスキに、このまま国境を越えさせるつもりじゃありませんよね」

耕一は念を押した。ボリスコフの秘密書類も回収しなければならないのだ。諸澄は何か作戦を考えているに違いない。春燕が「手を打った」と言ったことも気になる。

「無論だ。満州里駅で、全て決着させる」

諸澄の目付きが厳しくなり、はっきりと言い切った。が、すぐに表情を緩めて耕一に言った。

「さて、もう食堂車は開いている。朝飯を食いに行こうじゃないか」

諸澄は耕一の肩を叩くと、疲れを知らないのか、身軽に立ち上がった。

第四章

満州里（まんしゅうり）

十七

砂漠を突っ切り、最後の行程を走り抜けた九〇三列車は、十二時半少し前、一時間ほど遅れて満州里駅のホームに滑り込んだ。哈爾浜を通常より二時間四十分遅く出たので、定刻からすると約三時間半遅れだ。興安嶺からここまでは何事も起こらず、ホームに出た大久保専務車掌は、遠目にもわかる安堵の色を浮かべていた。無事だったというだけでなく、モスクワ行き列車への接続に充分間に合ったことも大きいだろう。モスクワ行きは、午後二時半過ぎに出る予定で、あと二時間余りある。折り返しの列車は、既に早朝に到着して待機していた。

機関車の次位の荷物車から、加治軍曹と警乗兵が降り立った。指揮官の中尉が、諸澄の姿を見て駆け寄った。

「少佐殿。興安嶺以後、異常はありませんでした」

中尉が敬礼して報告すると、諸澄が労いの言葉を返した。

「目立ち過ぎてもいかん。仰々(ぎょうぎょう)しい敬礼は抜きにして、列車の折り返しまで駅構内で待機してくれ」

「承知いたしました」

目立つなと言わなければ、中尉は部下を整列させ、諸澄に向かって「少佐殿に敬礼！　かしらァー右ッ」とかやっただろう。シマノフスキや乗客たちの前で、それはしてほしくなかった。

乗客たちは、三人の欧州人を先頭に駅舎へ歩いていった。諸澄が加治に、欧州人にくっつけと顎で示した。加治が頷き、小走りに駅舎へ向かうと、春燕が耕一たちのところに歩み寄った。

「仕上げにかかりますか」

春燕が確かめるように言うと、諸澄が駅舎を指して頷いた。

「うむ。駅で部屋を用意してもらうことになっている。そっちへ行こう。身柄を押さえるのは、加治軍曹たちに任せる」

「軍曹一人で大丈夫ですか」

耕一はシマノフスキが抵抗しないかと心配して、聞いた。諸澄は「問題ない」と言った。

「満州里にも特務機関員がいる。三人ほど、ここへ呼んである」

「ああ、なるほど」

考えてみれば当然だ。諸澄と加治だけで、この作戦全てを行っているわけではないだろう。抜かりはないですな、と辻村も頷いた。耕一たち四人は乗客の殿（しんがり）につき、駅舎へと進んだ。

満州里は人口数千の小さな町だが、国境の要だけに、駅構内はかなり広い。何本も並んだ線路は、多数の貨車が埋めていた。駅舎は哈爾浜駅と同じくアール・ヌーヴォー様式の壮大な建物で、長さも百メートル近くありそうだった。近年化粧直しされ、見た目も美しくなっている。

耕一たちは乗客に続き、駅舎に入った。すぐに満人の服装をした男が三人、近付いてきた。諸澄が言っていた特務機関員に違いない。三人の中から、角張った顔をした上背のある男が、一歩進み出て小声で挨拶した。

「満州里駐在の新島中尉です。こちらは岡部軍曹と田村伍長です」

控えていた二人が、最小限の動作で頭を下げた。秘匿任務に携わる者らしく、軍隊式の敬礼などは一切なしだ。諸澄は、耕一と辻村と春燕を紹介してから言った。岡部と田村は、満鉄の徽章を襟に付けた耕一には納得の表情だったが、辻村には胡散臭げな目を向けた。が、さすがに諸澄の前では何も言わなかった。辻村は知らん顔で平然と見返している。

「段取りはできているな？」

「はい。駅長に会議室を借りました」

　田村伍長が「ご案内します」と告げ、先に立って駅舎の奥へ行った。新島中尉と岡部軍曹は、踵を返して反対側へ歩み去った。

「あの二人が加治と協力して、シマノフスキを連れてくる。奴は、通関で引っ掛かることになっている」

　ここからシベリア鉄道へと進むには、通関手続きを済ませておかなくてはならない。そこで拘束するつもりなのだ。耕一は無言で頷き、案内された小会議室に入った。

　室内にはテーブルと、それを挟んで向き合う形に椅子が配されていた。一同は窓側の列に、諸澄を真ん中にして、耕一と辻村が奥側、春燕が入り口側という順で座る。

「駅にはこっちに関わらないよう頼んでおいたんでね。悪いが、お茶も茶菓子も出ない」

　軽い調子で諸澄が言った。

「僕らが立ち会ってもいいいんですか」

　入口の脇に立つ田村を気にしながら、耕一は聞いた。

「無論、構わん。ここまで来て仲間はずれにするような冷たい真似はせんよ。そっちも、松岡さんに報告せにゃいかんだろう」

当然のように言ってから、一言付け加えた。

「ただ、話はロシア語でさせてもらう」

それは仕方がない。耕一の語学力では、断片的にしかわからないだろうが、辻村がいれば問題ない。そのことは諸澄も承知しているから、隠し事をする気はないようだ。


十分ほど経った頃、扉がノックされて、加治と新島に両腕を掴まれたシマノフスキが入ってきた。手錠こそ掛けられていないが、明らかに拘束されている。シマノフスキは憤然としていたが、顔は青ざめていた。諸澄は、自分の向かいに座るよう促した。渋々という風にシマノフスキが腰を下ろすと、両側に加治と新島が座った。立って出ていこうとしたら、すぐに押さえ込める態勢だ。シマノフスキは諦めたように溜息をつき、テーブルの上で手を組んだ。

「これはどういうことだ」

シマノフスキは唸るように言い、諸澄を正面から睨んだ。諸澄が睨み返すと、新島が紙包みを取り出し、テーブルの上で諸澄の方へ滑らせた。シマノフスキが、苦々(にがにが)し気にそれを見る。

「あなたには、阿片(あへん)密輸の疑いが掛けられている」

諸澄がシマノフスキを見据え、言い放った。その場で紙包みを開く。白い粉が現れた。

「これは阿片だ。なぜこんなものを持って国境を越えようとした」

耕一は目を剝いた。思わず春燕に視線を走らせる。春燕は阿片を見ようともせず、落ち着いて座っていた。シマノフスキが春燕に顔を向け、怒りのこもった目で睨みつけた。どうやら、春燕が打った手とは、これだったようだ。足止めする理由を作るため、興安嶺での襲撃の騒ぎに紛れ、シマノフスキの持ち物に阿片を仕込んだのだ。そしてシマノフスキも、今は嵌められたことに気付いている。

「これは、私の、ものではない」

シマノフスキは、一語一語を強調しながら言った。諸澄は取り合わない。

「あなたの鞄の中に、服にくるんで隠してあった。自分のものではないと言っても、通らない」

諸澄は、嚙んで含めるようにゆっくりと告げた。おかげで耕一にも、全部理解できた。

「あなたは国境を越えられない。収監し、取り調べる」

「これは不当だ。領事館に言って、強く抗議してもらう。このままでは済まさない」

「ほう。本当に、ポーランド領事館に話すのか。それであなたは困らないのか」

シマノフスキは口をへの字に曲げた。偽旅券を使っているなら、哈爾浜の総領事館から本国に身元を照会されると、却って厄介なことになる。

「このままポーランド人で通すつもりか」

「私はワルシャワに住むポーランド人だ」

「いいや。君がソ連人であることはわかっている。時間を無駄にするな」

諸澄は口調を強め、シマノフスキの主張を一蹴した。彼がソ連人だという証拠があるのか、はったりなのか、耕一には判然としない。シマノフスキはほんの一瞬動揺したように見えたが、すぐに「馬鹿なことを言うな」と怒鳴った。

「ボリスコフを撃ち殺したのは、君だ」

いきなり話を変えた。シマノフスキは、また動揺を見せたが、すぐ立ち直った。

「ボリスコフとは、一昨晩に列車で撃たれた男か。あれは襲ってきた馬賊に撃たれたのではないか」

「違う。彼は君に撃たれたのだ」

諸澄の喋り方が速くなった。全部はわからないが、朝食前に耕一自身が気付いて諸澄に言ったのと同じ内容を、話しているようだ。シマノフスキの顔が、ますます青ざめる。

た。


「馬賊も、君が雇ったのだ。君自身が襲撃の指示をしたんだろう」

「同じ列車に乗っていた私が、どうやって指示を出したと言うのだ」

諸澄は黙った。そこで耕一は、余計なことかもしれないと思いつつ、耳打ちした。

「奉天駅のホームで、シマノフスキは満人の物売りと話していました。あれが馬賊の仲間なら、事前に段取りを相談しておいたうえで、そのときに襲撃決行を伝えたんでしょう。クラウザーとデュナンは、奉天では誰とも話していません」

耕一が諸澄に日本語で何か告げたのを見たシマノフスキは、不安を覚えただろう。諸澄は頷いて、シマノフスキの不安を煽るように「奉天のことはわかっている」とロシア語で言った。シマノフスキは、落ち着かないように身じろぎした。

そこでノックがあり、「失礼します」との声と共に岡部軍曹が現れた。脇にマニラ紙の大判封筒を挟み、手には中ぐらいの旅行鞄を提げている。シマノフスキがそちらを向いて、顔を顰めた。それはシマノフスキの鞄なのだろう。

「どうだった」

諸澄が日本語で聞いた。岡部は前に進み、テーブルに鞄を置いて中を広げて見せた。中身は空だが、内張りが刃物で切り裂かれていた。

「思った通り、二重底です。これが隠されていました」

岡部は、封筒を差し出した。諸澄が受け取って中のものを引っ張り出す。偽の旅券や身分証と思しきものと一緒に、書類が一束、出てきた。耕一はそれを見て、声を上げそうになった。書類の表紙には、満鉄の回覧印が捺されていた。

「申し開きすることがあるかね」

諸澄はテーブルに置いた書類を指で弾き、シマノフスキに迫った。シマノフスキは、大きく溜息をついて両手を天井に向けた。

「ないね」

シマノフスキは、素っ気なく言った。その様子は、さほど衝撃を受けたようにも見えない。鞄を調べられたら二重底が見つかるのは時間の問題だと、初めから覚悟を決めていたのかもしれない。

「では、詳しく聞かせてもらおうか」

諸澄は、満足げに言った。

耕一と辻村は、別室に案内された。シマノフスキの鞄から見つかった満鉄の書類について、検証してもらいたいとの諸澄の依頼だった。快諾したが、これは正体を現したシマノフスキの尋問から、二人を退席させる理由でもあったようだ。餅は餅屋、スパイの調べは神経戦なので、特務機関に任せておけということだ。耕一自身もその方が気分が楽でいい、と思った。

別室に入ってすぐ、辻村が諸澄の尋問内容を訳して聞かせてくれた。だいたい、耕一の推測通りで間違いなかったようだ。シマノフスキは全部捏造だ妄想だと喚いていたらしいが、それも鞄の二重底を示されるまでだった。

外で、乗ってきた九〇三列車が哈爾浜行き九〇四列車として出発する汽笛が鳴った。テーブルと椅子二つが用意された小部屋で、耕一は書類を広げた。表題を確認する。『内蒙古ハルハ川近辺ニ於ケル探鉱、油母頁岩及ビ石油埋蔵可能性ニツイテノ報告　昭和七年九月』とされ、その下に『昭和十一年七月更新』と一行加えられている。間違いない。耕一の資料課から満鉄経済調査会へ回された、資源調査に関する書類だった。先日、淵上に行方を尋ねたときは、こんな場所で目にすることになるなど思いもしなかった。向かいに座った辻村は、軽口を慎んでじっと耕一の作業を眺めている。

書類の表紙には記憶と違う点が一つあった。資料課長や庶務課長の回覧印の横に、「極秘」のスタンプが捺されているのだ。誰がこんなものを、と耕一は首を捻った。記憶している限り、この書類の中身はさしたる成果も出ずに終わった資源調査結果の報告で、たまに他の新しい調査でわかった補足を入れているだけだ。極秘どころか、一般の機密書類の要件にも該当しない。そもそも、極秘扱いの書類を回覧に供したりするはずがない。

　不審に思いつつ、耕一は表紙をめくって中身を読み始めた。概要は覚えているが、どことなく違和感があった。何だろう、と思ったが、表紙をもう一度見てわかった。紙が新しいのだ。よく見ないと気付けないが、表紙の厚紙が数年経って少し色が変わりかけているのに、中の用紙は一年と経っていないようだ。

　もしやと思った耕一は、調査地域、調査方法について書いた部分を流し読み、結果に関する記述に集中した。そして、やはりと呻いた。

「まいったな、こりゃ」

　辻村が興味津々という顔で覗き込んできた。

「何を見つけたんです」

「この書類、改竄されている」

「改竄って、どういうことです」

　辻村は、当惑したような目で書類を見た。無論、部外者が読んでもわからない。

「記憶にある限り、その調査結果では、石油などの地下資源に関して有望なものがなく、存在は否定できないものの事業化の対象にはならない、という結論だったはずだ。ところが今ここにある書類では、採掘可能な場所に石油を含む大量の資源が眠っている、とする記述になってるんだ」

「そんなら、誰かが書類を盗んだ後で、中身を書き換えたわけですか」

「ああ。全体の記述が自然に見えるよう、表紙以外は全部清書し直してある。略図まで、差し替えられてる」

「何のためにそんな手間を」

「そいつを考えてるんだが」

　耕一は首を捻る辻村を前に、両手を頭の後ろで組んだ。この書類が塙からボリスコフに渡ったのだとしたら、塙の仕業か。偽の書類を作り上げ、金にしようと企んだのか。しかし、塙にこんなもっともらしい報告書を作れるほどの知識があったのだろうか。そしてボリスコフは、これが捏造されたものと気付かなかったのだろうか。

　次々に浮かぶ疑問について考え込んでいると、扉が叩かれた。どうぞと返事すると、諸澄が扉を押して入ってきた。

「どうだい。君のところの書類に間違いないかね」

「うちの書類と言っていいのか……びっくりするほど、手が加えられています」

　耕一は自分が見つけたことを話した。諸澄は眉を上げ、それは興味深いといった顔つきで、終(しま)いまで口を挟まずに聞いた。

「そうか。改竄された偽書類か」

諸澄は嬉しそうな顔になり、大きく何度も頷いて書類を持ち上げた。

「どうやらこれで、パズルの最後の一片が埋まったようだ」

「え、どういうことです」

諸澄は、何もかもわかっているというのか。驚いて聞こうとすると、諸澄はくるりと背を向け、耕一に「この話をシマノフスキにしてくる」と言い残すと、さっさと部屋を出ていった。耕一と辻村はポカンとして、閉まった扉をしばし見つめた。

十八

書類を諸澄が持っていってしまったので、残された耕一たちは手持ち無沙汰な時間を過ごす羽目になった。一時間経った頃、諸澄が呼んでいると田村が告げに来たので、苛立ちを募らせていた耕一は、すぐさま腰を上げた。

「やあ、待たせたね。かけたまえ」

小会議室に入ると、諸澄と加治と春燕がいたが、シマノフスキの姿はなかった。

「シマノフスキはどうしましたか」

「うん、新島中尉たちが連行した。今日は特務機関の監視付きで満州里の警察に留め置いて、明日、哈爾浜に護送する」

　ということは、彼は自白したのだろうか。

「ついでに言うと、あいつの名前はシマノフスキじゃない。ウクライナ出身のソ連人で、ユーリ・ミシチェンコという男だ。ボリスコフの上司だった」

　上司、か。自分の部下を、口封じか粛清かで殺したわけだ。どちらにせよ、非情な世界だ。

「しかも、だ。粛清されそうになっていたのは、ミシチェンコの方だ」

「え？　どういうことです。ボリスコフがミシチェンコを殺そうとして、返り討ちにあったとでも？」

　諸澄は、「そうじゃない」とかぶりを振った。

「ミシチェンコは、内務人民委員部(NKVD)に疑われていたそうだ。なんでも、郷里の古い友人が粛清されて、奴にも火の粉(こ)がかかったらしい」

「はあ。それがボリスコフとどう関係が」

「先を急ぐな。疑われたミシチェンコは、生き延びるために亡命を画策した。奴もスパイだからな。伝手(つて)はあったようで、ドイツに接触した」

「今度はドイツ、ですか。どうも国際関係ちゅうやつは……」

　辻村が、ややこしくてかなわんとばかりに頭を掻いた。しかし、首を傾げるのは耕一も同じだ。ドイツに亡命しようとするスパイが、どうして地球の裏側の満州で活動するのだ。

その疑問には、諸澄がすぐに答えた。

「誰もドイツに逃げようとする奴が、満州へ行くなんて思うまい。もともとミシチェンコはアジア方面担当だったからな。仕事にかこつけてこっちに来れば、監視は緩くなる。満州からだって、遠回りでもドイツに行くルートはある」

「しかし、満州からドイツへ、ソ連領内を通らずに、となると……」

太平洋を渡って地球を四分の三周するか。或いは、中国から仏領インドシナへ抜けるか。いずれにしても、無事満州から出るには……。

そこで、はっと気付いた。気付いた途端、ミシチェンコの企てが、耕一の頭の中で一気に組み上がった。そういうことだったか。

「奴は、我が国に助けを求めるつもりだったんですね」

諸澄の口元に笑みが浮かんだ。

「解けたようだね」

「ええ。ミシチェンコは、ボリスコフが手に入れた秘密書類を奪い、一旦どこかに隠しておいて、それを我々に引き渡すことを手土産(てみやげ)に、安全にドイツへ亡命させてもらおうとした。そういうことでしょう」

「ふむ。だいたいは合っている」

だいたいは、か。それは耕一も承知している。これだけで、謎の全てが解決したわけではない。

「ボリスコフは、ミシチェンコの亡命計画に気付いていたんでしょうか」

ミシチェンコがボリスコフの上司であれば、書類を預かるから引き渡せと言うのは普通のことだろう。しかし、裏切者だと気付いていれば、当然抵抗するはずだ。

「ああ。怪しいとは思っていたらしい。大連駅で顔を合わせたとき、ボリスコフはかなり不審に思ったようだ。わざわざミシチェンコが大連まで来る必要などないからね。それで、書類を渡せと言うミシチェンコに逆らった。まあ、そうでなくてもミシチェンコはボリスコフを始末する予定だったわけだが」

「ははあ。自分が書類を奪ったことをソ連当局に隠すためですね。馬賊の襲撃を受け、ボリスコフは死亡、自分は拉致され行方不明になる。ソ連側は、ボリスコフのスパイ活動に気付いた日本軍の仕業、と考えるでしょう。もし後でソ連が真相を摑んだとしても、その頃には奴はベルリンにいる」

なかなかよく考えられた手だ。これなら、あんな大掛かりな襲撃を段取りした理由もわかる。

「そうだ。ところが、ボリスコフが書類を渡さないので、段取りが少し狂った。そこでミシチェンコは、襲撃のタイミングに合わせてボリスコフを殺し、書類を奪ったのさ」

「しかし、どうやって。車室に侵入はできなかったはずです」

「そうだ。だが考えてみたまえ。ボリスコフはどうして窓から首を突き出して、ミシチェンコに撃たれることになったと思う？」

それは耕一もずっと疑問に思っていた。時速六十キロ近くで走っている列車の窓から、夜中に身を乗り出すなど、普通はまずしないだろう。それでも必要があったとすれば……。考えていると、辻村が答えた。

「もしかして、窓越しに書類を受け渡したとか？」

「正解だ」

諸澄がまた、ニヤリとする。一方、耕一はまた首を捻った。

「でも、なぜです。ボリスコフは書類を渡すのを渋っていたのに」

「憲兵が部屋を調べに来たとしたら、どうだ。ボリスコフ自身は、自分が我々に疑われているのを薄々察していた。ならば、自分を守るには、憲兵に押収されるよりミシチェンコに書類を預けて潔白を装った方がましだ。そう考えて、窓から手渡すことにしたのさ」

「しかし憲兵が来たりはしませんでしたよ」

「わかってる。大連でボリスコフが書類を渡すのを断ったとき、ミシチェンコは承知する代わりに万一の場合の合図を決めていたんだ。もし憲兵が来たら、車室の仕切りの壁を叩いて知らせるから、書類を窓からこっちに渡せってね」

「じゃああのとき、憲兵なんか来ていないのに、ミシチェンコが壁を叩いたんですか」

　そうだったか。ボリスコフが合図に応じて窓から乗り出し、書類の封筒をミシチェンコに渡す。ミシチェンコは左手を伸ばし、書類を受け取った瞬間、拳銃を握っていた右手を窓から出し、ボリスコフを撃つ。拳銃に驚いたボリスコフは身を引こうとしたが、間に合わず撃たれ、体はそのまま車室内に倒れ込む。これで、欧亜急行の殺人現場が完成する。

「ミシチェンコは、なかなか頭の回る奴だ。その都度臨機応変に計画を変えて、ちゃんと実行しているんだからね」

　耕一は、おやと思った。諸澄の言う臨機応変とは、ボリスコフの件だけではないようだ。

「それはもしかして、興安嶺の一件のことも指していますか？」

「ああ、そうとも。ミシチェンコは欧亜急行で目当ての書類を手に入れることができなかったからね。また別の賊を頼んで、二度目の襲撃をさせたんだ」

「また別のって……そんな急に頼んで、爆薬まで用意できるんですか」

「あの賊は、普段からそういう準備をしていたんだよ。関東軍への復讐のためにソ連にくっついて、指令があり次第、すぐ蜂起できるようにしてたんだろう。ミシチェンコは、そんな連中を自分のために使ったのさ」

「そうなんですか。あ、いや、待って下さい。ミシチェンコは窓越しに書類を受け取ったんでしょう。目的は達しているじゃないですか」

「鞄の二重底に隠してあったあの書類かね。君自身が確かめただろう。あれは、捏造された価値のない書類だって」

耕一は混乱してきた。まだ別に書類があったと諸澄は言うのか。

「じゃあ、ボリスコフは無価値な書類をミシチェンコに渡したと？ 囮の偽物だったと言うんですか」

「そうだ。ボリスコフはミシチェンコを信用していなかったからね。指示に従うふりをして、奴を嵌めたんだ。ミシチェンコは書類を検めて騙されたことに気付き、哈爾浜で次の襲撃を手配したんだよ」

「ああ、そうか。奴は散歩の途中で郵便局に寄った。そのとき、電話したんですね」

辻村が納得の表情を浮かべた。

「せやけどミシチェンコもわからん奴ですな。少佐が捕まえんかったら、そのままソ連に帰ってたわけでしょう。亡命しに来たんと違うんですか」

「取引材料の書類もない。賊を雇って列車を襲わせた。そんな奴が開き直って亡命させてくれと虫のいいことを言ったら、君はどうする」

辻村はちょっと考えて言った。

「銃殺刑にするか、一生監獄に入れて使いたいときに利用するか、ですわなぁ」

「だろ。奴もそれを恐れたのさ。段取りがすっかり狂っちまったから、一旦ソ連に戻って仕切り直すつもりだったんだ。奴を告発できるボリスコフは、始末したわけだしな」

なるほど、と呟いてから辻村は続けて聞いた。

「で、どうされます。銃殺ですか」

諸澄は、酷薄な笑みを口元に浮かべた。

「奴が何を差し出すかによるな」

ミシチェンコの知っていることを洗いざらい聞き出し、その価値によって決めるということか。生殺与奪は諸澄が握っているのだから当然かもしれないが、厳しい世界だ。

「それで、ミシチェンコが狙っていた本物の書類とは、何なんです」

「関東軍の対ソ侵攻計画のようなものさ」

あまりにもあっさりと諸澄が言ったので、耕一も辻村も啞然とした。

「今、何と言われましたか」

「そう驚くな。対ソ侵攻計画と言っても、あくまで、ようなもの、だ」

「いったいどういう……」

「だから、本物じゃない。ボリスコフとミシチェンコは、本物かもしれないと思っただろうがね」

「偽情報なんですか」

「模擬計画だ。実際の作戦計画とは違う。軍参謀部が作ったものでもない」

「じゃあ、どこの誰が作ったんです」

聞いてみたものの、諸澄は微笑しただけで答えなかった。

「その書類、結局ミシチェンコは興安嶺でも入手できませんでしたよね。今はどこにあるんですか」

「まだ見つかっていない」

それは拙いんじゃないか、と耕一は思ったが、諸澄は意外なほど落ち着いている。そのとき、外から汽笛が聞こえた。耕一は、反射的に窓に寄って外を覗いた。モスクワ行きの第一列車が動き出したところだった。

「モスクワ行きに乗った人の手荷物は、ここで全部調べたんですよね」

「ああ。クラウザーのものやデュナンのものも含め、漏れなく調べた。加治が言うには、疑わしいものは何一つ見つからなかった」

　怪しいものがなければ、そのまま行かせるしかないだろう。モスクワ行き列車を止めようとしても、ソ連側が承服すまい。

「しかし、手荷物でないとするとどこに。車両に隠しても、取り出す暇はなかったでしょう」

　いずれにしても、両方の列車はもう出てしまったのだ。欧亜急行の車内にボリスコフが隠し、取り出せないままになったとしても、あの車両は哈爾浜で諸澄が徹底的に捜索させているだろう。構造上、隠せる場所は限られるから、見つからないはずはない。

「手荷物でも車両でもないとすると……」

　耕一は呟いてから、首を振った。あまり考えたくないことだが、残る可能性はこれしかない。

「駅長のところに行ってきます」

　耕一は諸澄にそれだけ言うと、会議室を出て駅長室に行った。突然現れた耕一に駅長は眉をひそめたが、満鉄の職員証を出して安心させ、一つ質問した。

「九〇三列車に乗ってきた乗務員は、どこです」

　二十四時間を超える長丁場のため、九〇三列車の乗務員は着いてすぐ折り返すのではなく、一泊して翌日の九〇四列車に乗務し、哈爾浜へ戻る。今は、駅構内の宿泊所か詰所で休んでいるはずだった。

「宿泊所にいると思うが、何か用事かね」

不審を浮かべた駅長に向かって、耕一はきっぱりと言った。

「すぐ会議室に来るよう、言って下さい」


慌ただしく集められた乗務員たちは、何の用だかわからず当惑していた。部屋に諸澄や加治がいるのを見て、勘のいい者は昨夜の襲撃に絡む話だと推察したようで、緊張気味だ。一方で、寝ていたらしく目をしょぼつかせている者もいた。

「お疲れのところ呼び出して、済みません」

耕一が穏やかに言うと、何人かが肩の力を抜いた。

「確かめたいのは一点だけです。接続するシベリア鉄道、ああ、今はモロトフ鉄道と言うんでしたっけ。そのモスクワ行き第一列車の乗務員に、乗客や荷物に関する引き継ぎ書類などを渡していますか」

「ええ、渡していますよ」

大久保旅客専務が、すぐに答えた。

「詳しくは、どんなものです」

「旅客に関しては、行き先、氏名、旅券番号、手荷物の数などを記したものを。二、三枚の紙なので、書類挟みに挟んで向こうの列車長に渡しています」

「結構。荷物については」

「ああ、それは于君から」

大久保が于荷物掛車掌を促した。耕一は于を見て、心中で頷いた。于の顔からは血の気が失せ、全身が緊張で強張っていた。

「ええと、荷物に関しましては、やはり行き先と発送人、受取人、内容などを記した書類を渡しておりまして」

「旅客のよりは多い？」

「は、言われる通り、内容は旅客より多く」

「書類挟みで？　封筒で？」

「専用の小さい鞄がありまして……」

「今、持っていますか」

「い、いいえ。向こうの荷物掛に渡しました」

さっき出ていったモスクワ行きの車掌が持っている、ということか。

「なるほど。では、ここに到着するモスクワからの第二列車の車掌から、同様の鞄を引き継ぐわけですね」

「そ、そうです」

于は、明らかに落ち着きをなくしていた。大久保もそれに気付いたらしく、怪訝そうな顔を于に向けた。

「次のモスクワ行きは、四日後の月曜日でしたね。月曜日にここへ着く九〇三列車は、やはりあなた方の担当ですね」

耕一は大久保に確かめた。

「そうです。明日の九〇四列車で哈爾浜に戻り、日曜日に哈爾浜を出る九〇三列車に乗ってきます」

大久保は、于の様子を気にしながら言った。

「わかりました。それでは于君、月曜にまたここに来たとき、その専用の鞄を検めさせてもらっていいかな」

耕一は于の前に近寄って、言った。無論、月曜までここにいるつもりはない。于の反応を見たかったのだが、効果はてきめんだった。于は、かちかちに固まり、握った手を震わせていた。それで充分だった。耕一は辻村に目配せした。

「はい、協力ありがとう。では、于君にはまだ少し聞きたいことがあるので、他の皆さんは出ていただいて結構です」

辻村はにこやかに言って、退室を急かすように大久保の肩を押した。大久保以下の乗務員たちは、一斉に于の顔を見た。そして于の様子から、何が起きているか察したのだろう。無言で耕一たちに頭を下げると、順に部屋を出ていった。

加治が扉を閉め、于の後ろに立った。諸澄が、于に椅子に座るよう手で示した。それから耕一の耳に、「上出来だ」と囁いた。諸澄は于の正面にどかりと座ると、テーブルの上で手を組み、于をじっと見つめた。

「さて、于君」

于は、俯いたまま顔を上げなかった。手だけでなく、全身が震えているようだ。

「モロトフ鉄道の車掌に引き継いだ鞄の中に、手荷物に関する書類以外、何が入っていたか教えてもらおうか」

十九

大して時間をかけることもなく、于は全てを自白した。専用の鞄はやはり二重底になっており、時折それを利用して、于は秘密書類の運び屋をやっていたのだ。相手はボリスコフのときもあり、それ以外のロシア人のときもあったという。ただ、今回だけは異例だった。

「劉（りゅう）という欧亜急行のボーイから、運んでほしい書類の封筒を預かりました。ボリスコフさんから頼まれた、ということで」

　于はそう証言した。劉と会ったのは初めてだそうで、おそらく劉はこの一回限り、ボリスコフから多額の金を貰って引き受けたのだろう。それは劉を尋問すればすぐ明らかになる。

「あの劉というボーイ、ボリスコフが殺されたのに、書類を頼まれていることを全然匂わせなかったな。于より若いのに、劉の方が胆が据わっている。スパイに向いているのは、彼の方だね」

　于が加治たちに連行されてから、諸澄は感心したような口ぶりでそんなことを言った。

「それにしても、于が運び屋をやっていたなら、ミシチェンコは真っ先に于を捕まえて書類を奪えば良かったじゃないですか。どうして興安嶺であんな大騒ぎを起こしたんでしょう」

　耕一が首を捻ると、諸澄は笑って言った。

「簡単さ。ミシチェンコは、于のことを知らなかったんだ」

「え？　でもミシチェンコはボリスコフの上司なんでしょう？　上司が部下の情報運搬手段を知らなかったというんですか」

「なぜなら、于の雇い主はミシチェンコの属するＧＲＵじゃなく、ＮＫＶＤだからさ」

「えっ」

　これには耕一も驚いた。

「どうしてそれが……」

「ソ連の鉄道乗務員は軍の所管じゃない。乗務員を手先に使うのはＮＫＶＤだ。それに、于はボリスコフ以外の仕事も受けていたと言った。つまり、ボリスコフが独自に雇ったわけではない、ということだ。かと言ってＧＲＵが雇ったのなら、ミシチェンコが于の存在を知らないことなどあり得ない」

　軍の情報部であるＧＲＵと、ソビエト共産党政府の機関であるＮＫＶＤの仲が悪いことは、一応の知識として耕一も知ってはいる。ボリスコフが承知のうえで于を使っていたということなら、彼はＧＲＵとＮＫＶＤの二股をかけていたわけか。ソ連内部で粛清が進んでいるとすると、それがボリスコフの生き残り策だったのだろうか。

「えらくややこしい話ですねぇ」

　辻村が、ついていけないとばかりに天を仰いだ。

「推測だが、ボリスコフはミシチェンコへの疑念を記した文書も、一緒に託していたんじゃないかな」

それにミシチェンコが勘付いていたとしたら、あれほど躍起になって書類を奪おうとした理由もわかるが。

「でもそれなら、モスクワへ戻ったりしたら拙いでしょう。仕切り直しどころか即座に監獄じゃないですか」

「ソ連に入っても、モスクワに戻る気はなかったんだろう。スパイなら代替ルートを用意しておくのは常識だ。途中で姿をくらまし、トルコ辺りを経由して逃げるとかな。後からじっくり聞いてみるさ」

耕一は、ミシチェンコの鞄の二重底に複数の旅券や身分証らしきものがあったのを思い出し、なるほどと思った。あれはそのための道具だったのか。

「それにしても、ミシチェンコは我が国に亡命を助けてもらおうと考えておきながら、我が国の兵士を列車爆破で大勢殺そうとしたんですよ。よくそんなことができますね」

「ああ、それなんだがね。ミシチェンコが言うには、手違いだったそうだ」

「手違いですって?」

「うん。奴は、列車を止めて手荷物を全部奪え、荷物車には重装備の警乗兵が乗っているから充分注意しろ、と指示しただけだ、と言うのさ。それをあの賊が勝手に、ならば警乗兵を始末してから仕事にかかろうと考えたんだ、ってね」

耕一は唇を歪めた。ずいぶん都合のいい話だ。

「信じるんですか」

「結果として被害はなかったんだ。今それを言わなくても良かろう」

諸澄はあまり追及する気はないようだ。カードの一枚として取っておくつもりかもしれない。

「まあこれで、今回の一件はほぼ全貌が摑めた。詫間君、辻村君、思った以上に役に立ってくれたね。礼を言うよ」

諸澄は上機嫌に言った。持ち上げられたものの、これだけでいいのだろうか。

「せやけど、ボリスコフの書類はもうソ連当局の手に入ってしまいましたよ」

辻村が懸念を浮かべて言った。今頃は、モスクワ行き列車の車掌の鞄に納まって国境を越え、チタ州の曠野をひた走っているだろう。だが諸澄は、さほど残念そうな顔をしなかった。

「しょせん模擬計画だ。どうってことはないさ」

そんな風に簡単に割り切っていいものだろうか。耕一は釈然としなかった。

「こっちはミシチェンコのおかげで、GRUが満州国内に作ったスパイ網を、すっかり洗い出すことができる。成果としちゃ、充分だ」

「諸澄さんのもともとの目的は、それだったんですね」

「そうさ。そのためにボリスコフを泳がせて、尾け回していたんだからな。ミシチェンコのような大きな獲物がかかったのは、僥倖と言っていいくらいだ」

確かに、亡命の支援と引き換えなら、ミシチェンコは洗いざらい喋るだろう。諸澄としては、願ってもない話だ。

「しかし……満鉄の社員が手先になっていたのは、残念です」

耕一はその点が口惜しかった。諸澄は、宥めるように手を振った。

「憲兵に嘴を突っ込まれなくて、良かったよ。あの連中なら、コミンテルンの陰謀に仕立て上げちまうだろうからな」

そんなことになれば、満鉄の鉄道現場に大掛かりな手入れが行われるだろう。耕一としては、それは何としても避けたかった。

「諸澄さんは、そうは見ていないんですか」

「于は腰が据わっていないし、度胸もなさそうだ。金で雇われた、と考えていいだろう」

それはこれからの尋問ではっきりするだろうがね、と諸澄は、したり顔で言った。

そこで扉が叩かれ、どうぞと言うと春燕が入ってきた。耕一たちに、目の覚めるような笑顔を向ける。

た。

「ええ。無事に出発されました。デュナンさんは、名残(なごり)惜しそうにしておられましたけど」

「クラウザーとデュナンに、問題はなかったか」

　文句ばかり言っていたのだから、デュナンの名残は満州ではなく、春燕に対してだろう。春燕は、あの二人がモスクワ行きに乗るまで、監視役をしていたようだ。

「詫間さんも辻村さんも、本当にいろいろとご活躍でしたのね」

　春燕に感心したように言われて、耕一は柄にもなく赤面しそうになった。辻村は手品師みたいに大層な会釈をしている。

「ああ、いや、それほどのことは」

「なあに、立派なものさ。満鉄をクビになったら、うちに来たまえ。軍属扱いで雇うよ」

　諸澄はそんな冗談を飛ばした。耕一は、「いえいえ」と頭を掻くしかなかった。

そのとき、ふいに思い出した。まだそのままになっている謎が一つ、残っているではないか。

「ところで、あの、春燕もいるので聞くんですが」

「何かね」

「塙を殺したのは、誰なんです」

一瞬、諸澄と春燕が顔を見合わせた。それから諸澄が、ふっと笑って耕一に言った。

「あれはボリスコフの仕業ではない。ミシチェンコがやったのでもない」

「ミシチェンコはともかく、ボリスコフではない、と断定していいんですか」

「ああ。前にもちょっと言ったが、奴ならもっとスマートにやったはずだ。埠頭に呼び出して銃で撃ち、ギャングの仕業に見せかける、とかな」

何だか映画じみているが、言わんとするところはわからなくもない。ボリスコフには、自宅以外で塙を殺す機会も、死体を始末する時間も作れたはずだ。

「例の模擬計画の書類は、塙からボリスコフの手に渡ったんでしょうか」

「その可能性が高いが、それはこれから調べるさ」

情報の入手経路を炙り出すのは非常に重要なことなのに、諸澄は簡単に言った。耕一は、諸澄は既にかなりのことを掴んでいるな、と感じた。

「ボリスコフでもミシチェンコでもないのなら、誰の仕業です」

塙殺しに戻って、再度聞いた。諸澄は意外な答えを返した。

「それを調べるのは、君たちの仕事だ」

「僕らが？　どうしてですか」

「ボリスコフもミシチェンコも下手人でないなら、特務機関の仕事ではない」

「いや、それはそうかもしれませんが、なんで僕……」

「ま、とにかく考えてみたまえ。君なら答えを出せるだろう」

諸澄は耕一を遮って言った。学校の教師みたいな口ぶりだ。

「詫間さんなら、大丈夫ですわ」

春燕も加勢した。それで耕一は確信した。この二人には、犯人の目星がついている。だがそれを、耕一に言うつもりはないのだ。そこでふと、辻村が黙っているのに気付いた。もしや、辻村も何か知っているのか……。

「さて、ここでできることはもうないな。そう言えば、昼飯を食うのを忘れていたよ。ちょっと夕飯には早いが、一杯やりに行こうじゃないか」

諸澄が手を叩き、話はこれで終わり、と宣するように言った。

「いいですわね。まいりましょう」

春燕も手を叩き、楽しそうに立ち上がった。付き合うしかないようだ。耕一は、駅長に旨い店を聞いてきますと言って、先に扉を開けた。

その晩は新島中尉が用意した宿に泊まり、翌日午前一〇時発の九〇四列車で満州里を後にした。これは昨日とは違い、定時運行だ。

耕一と辻村、諸澄と春燕は、来たときと同様、一等寝台車に乗った。ミシチェンコは重要人物なので、新島中尉らが飛行機で哈爾浜に護送するという。于は手錠を掛けられ、三等車の車端の席に座らされていた。加治軍曹と警乗兵が二名、護送役として付き添っている。仲間の乗務員の目にも曝されることになり、互いに気の毒ではあるが、致し方ない。荷物掛車掌には、満州里にいた予備の車掌が充てられた。于が外れた事情を聞かされていないので、当惑していることだろう。警乗兵たちの乗った荷物車は、この列車にも連結されていた。だが今度は帰るだけなので、軽機関銃にはカバーが掛けられ、兵たちもだいぶ寛いでいる様子だ。

諸澄も春燕も、耕一たちの車室を訪ねてくることはなかった。諸澄は義理堅く、食事時だけ食堂車に誘ってくれたが、他の乗客もいるので、食事しながら事件の話をすることはできなかった。春燕はと見ると、また外国人乗客と一緒に食事している。この列車には英国人一人とソ連人二人が乗っている、と大久保旅客専務から聞いていたので、春燕はその三人を監視しているのだろう。それが仕事だ、ということか。

　食事が終わると諸澄は自室に引き上げてしまうので、改めて事件について話す機会は持てなかった。話を振ったとしても、諸澄が相手をしてくれるとは思えない。

「君は何か知ってるのか」

　耕一は敢えて辻村に聞いた。が、辻村は「いや、僕も知りません」と両手を上げただけだった。旅大電鉄事件を蒸し返そうかと思ったが、結局すぐにはぐらかされた。耕一は諦め、一人で考えることにした。

　午後十時半過ぎに、興安嶺トンネルに入った。トンネルを出ると急に明るくなり、トンネル守備隊の栗山たちが、煌々と照明を点して列車の通過を見守っているのがわかった。もう危険はないはずだが、当分警戒を緩めないつもりだろう。有難い話ではあった。

　その夜は、緊張が解けたせいかぐっすり寝込んだ。起きたときには、もう斉斉哈爾の近くまで来ていた。すぐに諸澄が呼びに来たので、食堂車に行くと、春燕はまた昨夜と違う、スーツを優雅に着こなした外国人と朝食中だった。断片的に聞こえる会話は、英語だ。英国の外交官ではないか、と耕一は思いながら、ニヤリとした。その英国人は、相手の美女が拳銃を忍ばせた女スパイだなどと、思いもしていないだろう。

午前十一時、九〇四列車は一分の遅れもなく二十五時間を走り切り、哈爾浜駅のホームに停車した。真っ先に列車を降りた耕一は、さっとホームを見渡した。憲兵らしき姿は、どこにも見えない。耕一は安堵の溜息をついた。

「何だ、憲兵の心配でもしているのかい。あいつらは匪賊の方にかかり切りで、こっちに関わっている暇はないさ」

見透かしたように諸澄が言い、耕一の背中を叩いた。

「そのようですね。顔を合わせたい相手ではないですから」

諸澄は、まったくだと笑って頷いた。

「君たちは今日、帰るのか」

「せっかく哈爾浜まで来たんで一泊して、明日のあじあ号で帰ります。その前に、総裁に報告を入れないといけませんが」

社員である于の不祥事について伝えるのは気が重かったが、仕方がない。辻村にも一泊するかと尋ねたが、用があるので新京まで出て夜行で帰ります、との返事だった。

「総裁への報告も、お任せします」

耕一は眉根を寄せた。

「君は総裁に雇われているんだろう」

「同じことをわざわざ二人で報告することもないでしょう」

何となく釈然としないが、まあいいだろう。

「君はどうするの」

少しばかり期待をこめて春燕に聞いた。春燕は、爽やかな笑顔で答えた。

「お店は一週間ほどお休みをいただいたので、二、三日哈爾浜にいますわ。知り合いもいますし、久しぶりにお会いしようかなと」

一緒に帰る、という選択肢はなかったようだ。ちょっと残念だが、耕一は「そうか。じゃあ、ゆっくり楽しんで」と微笑を返した。

前方に目を向けると、他の乗客たちが降りきった後に、三等車から加治と警乗兵に囲まれた手が出てくるのが見えた。諸澄はそれに気付くと、耕一の肩に手を置いた。

「じゃあ詫間君、これで失礼する。辻村君も、本当にご苦労だった。松岡閣下によろしく伝えてくれたまえ」

諸澄は耕一の肩をぽんぽんと叩き、手を上げるとさっと背を向け、加治たちの方へと急ぎ足で去っていった。春燕も「それでは、大連でお会いしましょう。ぜひまたお店の方へ」と言い残し、諸澄の少し後について歩み去った。ホームには、耕一と辻村が残された。

「さてと。昼飯でも行きますか。ロシア料理の旨い店、知ってますんで」

屈託ない顔で、辻村が言った。耕一は一度大きく伸びをしてから、笑みを浮かべた。

「そいつはいいね」

耕一は、ゆっくりと構内を眺め回し、辻村と並んで口笛を吹きつつ出口へ向かった。夏の終わりの強い日差しが、二人を追ってきた。

二十

午前九時ちょうど、大連行き特急あじあ号は、哈爾浜駅の第一ホームを離れた。耕一は、進行方向に向いて並んだ二等車のゆったりした座席に身を預け、しばらくぶりに味わう乗り心地を楽しんだ。明るい緑色の流線型車体は満鉄技術の結晶であり、看板商品としてすっかり有名になっている。哈爾浜の夏でもかなり暑い日だったが、完全空調のおかげで快適だ。これで春燕が横にいたりすれば、言うことはないのだが。

松岡総裁には、昨日のうちに哈爾浜鉄道局の電話を借りて当面の報告はしておいた。興安嶺の襲撃とミシチェンコの拘束については、意外なほど淡々と聞いていた松岡だったが、于の逮捕を聞いたときには呻くような声を出した。

　詳細の報告は大連に戻ってから直に、ということで電話を終えた。もともとは消えた満鉄社内文書の行方の追及だったのが、とんだ大ごとに関わってしまった、というのが正直なところだ。しかも肝心の社内文書の件については、まだ完全に決着していないのである。

　市街地を出ると景色は単調になった。耕一は目を閉じ、腕組みして黙考した。大連までは十二時間以上かかる。考える時間は充分にあった。

　残った疑問を順に整理する。まず、ミシチェンコがボリスコフから奪った資源調査に関する満鉄の書類。あれを改竄したのは誰か。読んだ限りでは、満鉄の書式そのままに作られており、元の内容を知らなければ、改竄されたものとは容易にはわかるまい。ボリスコフの日本語能力がどれほどだったかは知らないが、彼に作れたとは思えない。塙の仕業だろうか。

　では、その書類を含む何点かを満鉄本社から持ち出し、塙に渡していたのは誰か。塙と接触のあった社員は、経済調査会の野間をはじめ、何人もいる。持ち出されたと思われる書類の作成元は、複数の部署にわたっている。その各部署に、塙と繋がりのある者がいるのか。しかし、書類の持ち出しまでやる社員が、そう何人もいるとは思えなかった。

そして、塙を殺したのは何者か。諸澄も矢崎と同様、あの殺人は塙が後ろを見せるほどよく知った人物による衝動的な犯行、と考えているらしい。その見方に耕一も異存はない。

耕一は、事件現場となった塙の家の様子を思い出してみる。あそこに、満鉄関係の書類はなかった。犯人が持ち去ったとすると、その書類を塙に渡した人物が犯行後、証拠隠滅を図ったのに違いあるまい。つまり、満鉄から書類を持ち出した人物と塙を殺した人物は、同じではないかという結論になる。それは誰なのか。もしかして、辻村が絡んでいるのか。

いや、それはないなと耕一は首を振った。満州里で書類を見たときの辻村は、明らかに初めて目にした様子だった。食えない男だが、一緒に動くうち、多少は腹が見えるようになっている。何かを知っている可能性は高いが、直接関与したとは思えない。

もう一つ重要な問題があった。ソ連に渡ってしまった、対ソ侵攻の模擬計画。あれはどこで作られたのか。現物を見ていない耕一には、想像を巡らすしかない。諸澄は軍が作ったものではないと言っていたが、軍の承認もなしに部外者が勝手に作られるわけがない。しかもそれが流出したとなると、一大事のはずだ。なのに諸澄のあの落ち着きぶりは何なのだ。

考えられるのは一つしかない。欺瞞作戦だ。ソ連のスパイ網を炙り出すため、諸澄が餌を撒いたとすれば筋が通る。しかし、どこが模擬計画を作ったかという疑問の答えにはならない。特務機関の傘下に、秘密の研究所でもあるのだろうか。

何かが引っ掛かっている。ずっと前に聞いた、何か。耕一の頭は、新京からあじあ号を牽引しているパシナ形機関車の動輪と同じくらい、高速で回転していた。

昼食を摂るのも忘れて、考え続けた。そして達した仮説は、俄に信じ難いものだった。しかし、それしか全部を説明できるものはないはずだ。耕一は大きく溜息をつくと、座席の背に頭を押し付けた。大連に帰って、確かめることが幾つかある。それを終えてから、総裁のところに行こう。

列車は既に奉天を出ていた。耕一は窓に目をやった。大陸らしい真っ赤な夕陽が、車窓を染めている。大連までは、あと四時間余りだ。

第五章

星ケ浦（ほしがうら）

二十一

白み始めた空の下で、波が砕ける。バルコニーに立つ耕一の頬(ほお)を、海風が心地良く撫(な)でていった。もうすぐ午前五時になる。

耕一は大連市の南部、星ケ浦(ほしがうら)海岸に立つ星ケ浦海浜ホテルにいた。ここは大連の中心街から電車かバスで一時間足らずで来られる、手軽な海辺の行楽地で、耕一も度々訪れている。いつもならヤマトホテルを使うが、あそこでは顔が障(さ)す。この海浜ホテルはだいぶ西側に位置し、海水浴客で賑わう浜からは少し離れているので、知った顔に会う確率が低いのが有難い。今いる部屋は二階で、右手の下の方に黒い影になった岩場が見える。

耕一は、バルコニーからその岩場をずっと見張っていた。煙草を手にしかけたが、途中でやめた。思惑通りなら目当ての人物が現れるまで、せいぜいあと十分というところだろう。マッチの炎や煙草の火を見つけられたくない。

辛抱してじっと微風に吹かれていると、海岸を歩いてくる人影が見えた。釣り竿(ざお)らしきものを担いでいる。どうやら、待ち人が到着したようだ。

その人物は、耕一の見ている下を通り過ぎ、岩場の方へ入っていった。まだ明るさが足りず、しばし人影が岩の影に溶け込み、見えなくなる。耕一はじっと待った。やがて、岩場の先で釣り竿が突き出されるのが見えた。今日はそこに陣取ることに決めたようだ。

耕一はそのまま少し様子を見た。次第に明るさが増し、岩場に座った人の形がはっきりしてきた。潮時だろう。耕一は岩場に背を向け、部屋に入った。

大きなベッドに近付くと、シーツがもぞもぞと動く気配があった。

「あれ、詫間さン、もう起きてル？」

紅蘭が、眠そうな声で言った。耕一は笑みを浮かべてベッドに近寄ると、シーツの上から紅蘭の背中を軽く叩いた。

「まだ暗いよ。ちょっと海岸を散歩してくるから、君は寝てなよ」

「明かり、点けなくていいノ？」

「ああ、点けなくていい。じゃ、ちょっと行ってくる」

この部屋だけが明るくなれば、岩場の人物の注意を引く。それは良くなかった。紅蘭は何か呟いたが、そのままシーツに潜ったようだ。耕一は音を立てないよう、廊下に出た。

日曜日のあじあ号で大連に帰った耕一は、翌月曜日、普段通りに出社した。親族の不幸と称していたので、主任からはお悔やみの言葉をもらった。取って付けたようなお悔やみではあったが、少し気が咎めた。

松岡総裁には、午前中のうちに報告に行った。哈爾浜から電話した内容の繰り返しに近かったが、松岡は黙ってじっと聞いていた。

「欧亜急行と満州里行き列車が、続けて襲撃に遭うとはな。鉄道総局はまだ後始末にばたばたしている。乗客も君も、無事で良かった」

一通り聞き終えた松岡は労いの言葉をかけてから、念を押すように言った。

「憲兵隊は、介入してこないんだな」

「はい。そこは諸澄少佐がうまくあしらいました。抗日匪賊の暴挙、ということで処理されるはずです」

ただ、塙のことについてはもう少し調べるので時間をいただきたい、と伝えた。

「何か考えがあるのか」

「はい。来週には、全てご報告できると思います」

「わかった。それまで待とう」

松岡の承認をもらった耕一は、総裁室を出てすぐに、動き始めた。まず訪れたのは、人事課だった。

「何を知りたいって？」

人事課長は、耕一の唐突な質問に、訝しげな表情で応じた。だが幸い、人事課長は耕一の本業についてある程度知っている、数少ない幹部社員だ。余計なことは言わず、耕一を別室に呼んで答えを教えてくれた。

それから三日ほどかけて、耕一はあちこち聞き回った。自分の推測の裏付けを取るためだ。望む回答を得るには、様々な手管を弄しなければならなかったが、木曜の午後には全てが出揃った。得られた事実は、あじあ号の中で耕一が思い付いた仮説を完全に証明するものではなかったが、間違ってはいないと確信するに足るものだった。それは満足でもあり、残念なことでもあった。

夜、退社すると、耕一は紗楼夢に行った。春燕はまだ店に出ていなかったが、紅蘭がすぐに現れ、耕一の隣に座った。

「春燕さン、まだお休みヨ」

言い方に、拗ねるような響きがあった。急に長く休むなど、好き勝手に振る舞う春燕が面白くないのか、耕一が春燕のことを尋ねるのが気に入らないのか。

「やっぱりね。いや、紅蘭がいてくれる方がいいよ」

耕一は哈爾浜で買った土産の箱を渡した。ロシア風の細工が施され、小さな宝石を散らしたブローチだ。蓋を開けた紅蘭の目が輝いた。

「わァ、素敵。詫間さン、ありがとウ」

紅蘭はすっかり機嫌良くなり、旗袍を通して体温を感じるほど、近くに寄った。しばらく飲んでから耕一は、週末、星ケ浦のホテルで過ごさないか、と紅蘭を誘った。紅蘭は「えっ」と目を丸くしたが、すぐに「いいヨ。星ケ浦、行きたイ」と弾ける笑顔で承諾した。何だか、本当に嬉しそうだ。実は他の目的があり、一人で海岸のホテルに泊まって目立つのを避けたいのだということは、悟られないようにした。

海浜ホテルの裏口から海岸に出た耕一は、ポケットに手を入れて岩場へと歩いていった。もう足元は見えるようになっている。早朝の釣りを楽しむ人は他にも見えたが、目当ての人物の近くには誰もいなかった。これは幸いだ、と耕一は思った。岩場に足をかけ、滑らないよう慎重に進んだ。波飛沫（なみしぶき）が顔まで届き、ズボンが濡れた。釣り糸を垂れている人物は、白いシャツを着た背中をこちらに向け、近付く耕一にはまだ気付いていていない。

音を立てないように、そっと後ろから接近した。二メートルくらいまで迫ってから、初めて声をかけた。

「おはようございます。釣れそうですか」

釣り竿が跳ね上がった。かなり驚いたようだ。その人物は、慌てた仕草で振り向き、耕一を認めてほうっと息を吐いた。それは安堵だったのか、それとも諦めだったのだろうか。

「やあ、君か」

淵上は、少し引きつったような笑みを浮かべ、釣り竿を置いた。

「週末は、よくこちらで釣りをされると伺ったもので」

耕一は愛想よく言って、淵上の隣に腰を下ろした。

「ああ。独り身だからね。天気がいい週末は、この先の知り合いの宿に泊まって、夜明けからこうしている」

淵上は、釣り竿を軽く叩いて言った。なかなか高価そうな竿だ。淵上にとっての釣りは、かなり本格的な趣味なのだろう。

「わざわざこんな時間に来たのかね」

「いえ、僕も海浜ホテルに泊まりに来たんです。彼女とね」

耕一は後ろのホテルを指して言った。淵上は「そりゃあ、羨ましいね」と笑ったが、偶然会ったわけでないことは既に承知しているだろう。

二人は向き合って、数秒沈黙した。間合いを測るかのようだ。やがて耕一は、淵上の目を見て言った。

「資料課から出た、以前の内蒙古の資源調査に関する書類。あれを盗み出して書き換え、塙に渡しましたね」

　淵上は耕一から目を逸らし、海の方を向いた。それから、ぼそりと言った。

「どうしてわかった」

「書き換えられた現物を見ました。あれは、満鉄の書式にのっとって書かれていた。社員が見ても不自然には見えないいくらい、よくできています。社外の人間には作れない。でもしょっちゅう社内文書に触れているあなたなら、お手のものでしょう。しかも、満鉄の極秘印まで捺されていた。あの印は、誰でも勝手に使えるというものではない。それなりの手続きが要る。でも、庶務課にいるあなたなら、極秘印をこっそり捺すことはできる」

　そこで耕一は言葉を切って、淵上の顔を覗き込んだ。淵上は、唇を引き結んでいる。

「この書類だけではありませんね。他にもやっているでしょう」

だからこそ淵上は、耕一が書類を捜しに来たとき喫茶店に誘って、自分も不審に思って調べていると話し、牽制をかけたのだ。その問いに答えはなかった。耕一はそのまま続けた。

「行方不明の書類には、一貫性がなかった。複数の部署のもので、分野も違います。相互に関係がない。でも、それらが回議される途中で必ず通過していた部署がある。あなたのところです。問題の書類は、全て庶務課を通った後で消えている」

「全社に回る書類が庶務課を通るのは、当然だろう。社内規則に、そう書いてある」

　淵上が口を開いた。その声には、抑揚（よくよう）がなかった。

「ええ。だからあなたは、多くの書類の中身を見ることができる。どの程度価値があるかも、見極められる。場合によっては、価値があるかのように手を加えることもできる」

「庶務課には、十人いるんだぞ。どうして私だと思うんだ」

　予想された反論だった。耕一は、淵上の目を見据えた。

「動機です」

「動機？」

　淵上は、眉をひそめた。

「どんな動機があると言うんだ」

「人事課で内々に聞きました。あなたは、間もなく転出する。撫順（ぶじゅん）セメントへ出向して、庶務を担当するそうですね。言っては悪いが、左遷（させん）です。事情もだいたい承知しています」

ここで耕一は言葉を切って、反応を見た。淵上は海の方を向いている。その手はいつの間にか、固く握りしめられていた。耕一は、もうひと押しした。

「左翼的傾向が問題視された、ということですが」

「何が左翼的だ！」

淵上が叫んだ。耕一はぎくっとして、少し引いた。

「満州には、理想があったはずだ。五族協和の新しい国づくり。誰もが豊かになる。農業を組織化し、搾取(さくしゅ)する豪商を通さず農村を発展させる。できることは幾らでもあった。だが、現実はどうだ。満鉄も満州国政府も、関東軍に首根っこを押さえられようとしている。満州に定着した日本人は、特権意識にあぐらをかいている。初めの理想からは、どんどん離れていく。それにささやかな抵抗をしちゃ、いかんのか」

淵上は、一気に絞り出すように喋った。腹の内に溜めていたものを、この場でぶちまけるかのようであった。

「少しばかり自分の思うところを述べたら、左翼的だなどとレッテルを貼る。満鉄とは、そんなところだったか。俺は今まで、地道に仕事をこなしてきた。手を抜いたことなどない。それなりに、役に立てたはずだ。なのにこの仕打ちは、なんだ。今満鉄改組が完了すれば、金属や石炭やセメントなど、事業会社は全て独立する。今の時期に出向とは、片道切符だ。そんなに邪魔にされるような覚えはない」

　やはりな、と耕一は思った。淵上は、満鉄社内に一定の勢力を持つ、マルクス主義者たちの影響を受けている。いささか過激な言動があったので、問題ありとみなされたようだ。淵上は、それに強い不満を持っている。満鉄に報復してやろうと考えるほどに。

「文書を流出させたのは、会社への意趣返しですか」

「そう呼びたければ、呼べばいい」

　耕一は内心で溜息をついた。高邁な理想を語るわりに、やることがみみっちい。淵上のこういうところが、会社の組織内でもマルクス主義者たちの間でも、評価が低い理由なのだ。

「塙とは、いつからこんな付き合いを」

「一年ほど前、俺のところへ情報を漁りに来た。しつこいんで、価値の低い情報を少しばかりくれてやった。そうしたら、時々来るようになった。そこで、左遷されそうだとわかったとき、あいつを利用しようと思ったんだ」

「で、文書を渡したと」

「ああ。少し手を加えて、重要な情報に見えるようにした。塙の頭じゃ、改竄に気付けまいと思った」

淵上は、そこで苦い顔をした。塙との関係は、必ずしも面白いものではなかったようだ。

「金を貰ったんですか」

「ああ。塙は俺から受け取った情報を、欲しがりそうな相手に売っていた。俺が貰ったのは、情報提供料だ」

より正しくは、盗人の分け前だ。耕一もさすがにそれは言わなかった。

「でも、売った相手は中国の軍閥やソ連の手先だったかもしれないんですよ」

「構わんさ。どうせほとんど改竄した偽情報だ。敵から金を騙し取っているようなもんだ。塙だって、売国奴じゃあない」

淵上は、まるで自分が国に貢献していたかのように言った。

「資料課から出た内蒙古の資源調査の書類ですが、あなたはあれを、有望な油田発見を装った極秘文書に作り変え、塙を通じてボリスコフに売ったんですね」

耕一は、念を押すように尋ねた。淵上は「ああ」と答えた。

「相手がボリスコフという男だというのは、塙から聞いた。だが、一旦は断られたんだ」

「断られた？　最初、ボリスコフは買い取らなかったんですか」

「そうだ。だが、おかしなことに、数日経ってから塙が大金を手にしたらしいと耳に入った。あいつは、何かわからんがさらに重要な情報をどこかから仕入れてきて、抱き合わせでボリスコフに売ったらしい」

　ははあ、と耕一は一人で頷く。その重要な情報とは、おそらく模擬侵攻計画の書類だ。ミシチェンコに疑いを持っていたボリスコフは、万一に備えて淵上の作った文書を囮に使おうと考え、一緒に買い取ったのだろう。

「だが……塙の奴、俺にそれを言わなかった」

　急に淵上の声が低くなり、呻くような喋り方になった。

「分け前……情報提供料を払わなかったのですか」

「ああ。それで詰問したんだ」

「塙の家に、行ったのですね」

　淵上は頷き、目を落とした。そのまま動かない。耕一は、急かさずに待った。

　一分近く経ってから、淵上が口を開いた。ひどく重苦しい口調だった。

「俺は、どうして黙って勝手なことをするのかと責めた。こんなことをするなら、もう情報はやらん、と言ったんだ。そうしたら、あの男は……」

　そこで淵上は苦しげに歯嚙みし、握りしめた拳で膝を叩いた。

「俺を馬鹿呼ばわりした。俺が書類に手を加えていることは、お見通しだと言った。そんな屑でも、自分が間に立てば金にできる。しょせんお前など、一人では何もできん役立たずだ、と、まあそんな意味のことを言い放った」

そうだったか、と耕一は納得した。自尊心の強いマルクス主義者の淵上は、小銭稼ぎの小悪党にすぎない現実を塙に突きつけられ、貶(おとし)められたことで逆上したのだ。

「……気が付いたら、右手に大黒天の像を握ったまま、床に倒れた塙を見下ろしていた。自分が殴り殺しちまったとわかるまで、しばらくかかった」

淵上は、頭を掻(か)きむしった。その場の光景が甦(よみがえ)ったのだろう。それでも、今までに自分が渡した書類を持ち去り、指紋を拭き取るだけの冷静さは残っていたのだ。

「塙の家から取り戻した書類は、どうしましたか」

「血の付いた服と一緒に、焼却炉に放り込んだ。あれ以来、会社の書類は一切持ち出していない」

淵上は全部を吐き出すと、大きな溜息をついた。ようやく肩の荷を下ろしたような、そんな気配だった。

少し間を置いて、淵上が言った。

「君は、会社の書類を使って金にするなど、言語道断だと思ってるだろう」

その通りなので、黙っていた。淵上は何が言いたいのか。

「旅大電鉄事件を知っているか」

　耕一は仰天しかけて、どうにか表情を変えずに堪えた。

「聞いたことはあります。大きな詐欺事件だが、あまり表には出なかった」

「関係者が二人、自殺してるからな」

　淵上は呟くように言った。

「四年前、あれに関わる書類が、俺のところを通った。旅大電鉄なる会社が満鉄の出資を匂わせているが、どう処置するかという伺い書だった」

　耕一は、思わず拳を握りしめた。

「その書類が、どうしたんです」

「事件が囁かれ始めて、その文書を破棄するよう上から指示が出た。満鉄が薄々知りながら処置を取らなかったことの隠蔽だ。理事の一人が噛んでいたからとも噂されてる」

　耕一が握った拳に、汗が滲(にじ)み始めた。淵上があの事件に関わっていたとは。

「で、破棄したんですか」

「ああ。しかし思ったよ。目端の利く奴は、こうして会社を利用して裏で金儲けしている。だったら、俺がやって何が悪い、ってな」

　そういうことか。これが本音で、高邁な理想は建前に過ぎないのだ。淵上自身はその両方を合わせて、無理に正当化しようとしている。それは虚しいと気付いているのだろうか。

「さて、どうする。警察に話すか」

「さあ……どうしたもんでしょうか」

耕一は、思案するように首を振った。淵上が、怪訝な顔で見返した。

「塙殺しについては、既に憲兵隊が介入して捜査を止めています。憲兵だけじゃない。この件には、特務機関も絡んでいる。ボリスコフの雇い主、ソ連の軍事情報部も動いている。他の情報機関の影も見えます。藪をつつくと、何が飛び出すかわからない状況です。そんな中で、満鉄の不祥事を表沙汰にするのは具合が悪いですしねえ」

耕一は煙草に火を点け、淵上を見た。厄介なことに首を突っ込みましたね、という表情を浮かべて。淵上の顔から、次第に血の気が引いていった。

「まあ、しばらくどうするか考えますよ。今日は、これで失礼します」

耕一は、良い釣果を、と言い残して立ち上がり、岩場を伝って海岸に戻った。岩場を下りて振り返ると、淵上は釣り竿を突き出して、同じ場所に座っていた。だが、顔は釣り竿の先に向いているものの、竿が引かれても気にする様子はなかった。淵上は、まるで彫像のようにじっと動かなかった。

　ホテルに戻ろうと歩きかけると、岩陰から帽子を被った人影が現れた。こんな早朝に偶然通りがかったとは思えない。耕一は緊張して立ち止まった。すると相手が帽子を取り、大仰な仕草で一礼した。辻村だった。

「話は終わりましたか」

　見慣れた薄笑いを浮かべ、辻村が言った。

「ああ。塙殺しは、淵上さんだった」

　辻村は、そうですかと頷いた。

「どうやらこれで、全部片付きましたね」

「君は淵上さんが犯人だと知ってたのか」

「いいえ。でも何かあるとは思ってました。無論、証拠は何もないですが」

「旅大電鉄事件を調べているうちに、淵上さんのことを知ったんだな。で、身辺に目を光らせていた。それで、彼が満鉄の書類を持ち出しているのに気付いた」

　図星だろうと迫ったが、辻村は首を傾げてみせた。

「そこまで確信があったわけじゃありません。ほんまに、薄々です」

　そうか、と耕一は言った。おそらく、これに関しては辻村の言う通りなのだろう。だが、本当に知りたいことはそれではなかった。

「君のその訛り、大阪で暮らしたことがあるからと言ったな。でも、少し住んだだけにしちゃ、自然過ぎる。関西で生まれたんじゃないのか」

辻村は、困ったような顔をした。耕一はさらに続ける。

「例えば、神戸とか」

辻村の眉が動いた。それから、仕方ないなと溜息をついた。

「もうだいたい、見当ついてるみたいですね」

それから辻村は帽子を胸に当て、改まった一礼を捧げた。

「西島昌平は、僕の親父です」

耕一は、大きく息を吐いて天を見上げた。

「辻村は母の姓です。母は神戸の芸者でしてね。親父と深い仲になってから、大連に渡りました。それで満足しとったみたいです。現地妻、とでも言いますか。亡くなるまで、表の場には出ませんでした。まあ僕はちょっと反抗して、やんちゃなこともだいぶやりましたけどね」

辻村は自嘲するように頭を掻いた。

「けど何やかんや言うて、親父は僕らに良うしてくれましたからな。恨み言は、これっぽっちもありません」

「それで、西島さんが亡くなってから、旅大電鉄事件の真相を調べようとしたのか」

「そうです。親父と親しかった満鉄の理事さんが、私的に雇った形にしてくれました」

「事件の全貌は、わかったんだな」

「ええ。首謀者は本職の詐欺師ですが、投身自殺した元満鉄幹部が深く絡んでて、親父を取り込んだようです。結局、蓋をされる格好になってしまいましたが」

　辻村の表情には、僅かではあるが無念さが見て取れた。耕一は逡巡したが、やはり聞いてみねばならない。

「西島さんは、この件では……」

　言いかけたところですぐ、辻村は理解したようだ。はっきりとかぶりを振った。

「巻き込まれた被害者です。ただ、結果的に他の人も巻き込んでしまったので、責任を感じてたんです。あの時分、えらく暗い顔で一人で酒を飲んでましたよ」

　それから、ふっと寂しげに微笑んで言った。

「親父らしい、決着の付け方ですわ」

　耕一は、黙って俯いた。

「詫間さんのことは、親父から聞いてました。信用できる人や、てね」

　辻村が、急に明るい声を出した。耕一は顔を上げ、苦笑した。

「最初から言ってくれれば良かったのに。一時は君も疑ったんだぜ」

「すんません。まあ、見た目が怪しいですからね」

辻村は頭を掻いた。

「知らない方が余計な気を遣わせずに済むと思ったんですが」

それは僕への配慮じゃなく、君のこだわりじゃないのか、と思ったが、耕一は「まあいいさ」とだけ言った。辻村は笑みを浮かべ、ホテルのバルコニーを目で指した。

「待ってるんでしょう。もう戻ってあげたら」

「そうだな」

耕一もバルコニーを見上げた。辻村はさっと帽子を頭に載せ、「じゃあ、いずれまた」と軽く手を振ると、東の海水浴場の方へ向かって海岸を歩き出した。岩の向こうに姿を消すまで、振り返ることはなかった。


部屋に戻ると、紅蘭がシーツから顔を出して迎えた。

「お帰りなさイ。お散歩、終わっタ?」

「ああ。いい散歩だった」

「何か面白いもノ、あっタ?」

「うーん、面白いとは言えないが、見たかったものは見たよ」

「そウ」

　紅蘭は、それ以上詳しくは聞かなかった。代わりに、シーツの端を持ち上げて微笑んだ。

「まだもう少し、寝られるヨ」

「うん。そうだな」

　耕一は微笑み返し、潮で濡れたシャツとズボンを脱ぎ捨てると、紅蘭の横に体を滑り込ませた。

二十二

「そうか。庶務課の淵上が、な」

　耕一の報告を聞いた松岡は、情けない話だと言うように首を振り、ソファに背を預けた。

「あの男、ずいぶんつまらんことに頭を使ったもんだな」

「おっしゃる通りです。昔はそれなりの理想を持っていたようですが」

「理想の反対語は現実だ。それにどう折り合いを付けられるかで、人の値打ちは決まる」

　松岡から見れば、淵上は折り合いを付けるのに失敗した敗者、となるのだろう。

　耕一は曖昧に頷いた。

「とにかく、ご苦労だった。これで片付いたな」

「はあ。最初に承りました社内文書の行方不明につきましては、確かに解決いたしました。ですが……」

「何か問題があるのかね」

「話が大きくなり過ぎました。この一件、いったい何だったんでしょうか」

　松岡は、眉間に皺を寄せた。何が言いたいのだ、とばかりに。

「諸澄少佐のことを言っているのかね」

「私が追っていたのは、満鉄社内から持ち出された書類です。ところが、最後に出てきた真打ち(しんうち)は、なんとソ連侵攻の模擬計画だというではありませんか。どうしてそんなものが絡むんでしょう」

「ボリスコフとやらを挟んで、こっちの事件と特務機関の事件が、たまたま絡まったということではないのか」

「いいえ。たまたまとは思えません」

　言い切った耕一に、松岡は一瞬不快そうな顔を見せたが、すぐに「続けたまえ」

と言った。

「はい。問題の模擬計画ですが、結果としてあれはソ連当局の手に渡りました。しかし諸澄少佐は、しょせん模擬計画なのだから構わん、と言い放ちました。しかし、模擬計画であっても実際の兵力や作戦思想に基づいたものなら、軍事情報としての価値は大きい。普通なら、何としても流出を阻止するはずです」

「つまり、どういうことかね」

「あれは、ソ連に渡ることを前提に作られた計画だ、ということです。つまり、欺瞞情報ですね」

松岡は、頷きを返した。

「なるほど。それで？」

「では、その偽計画はどこが作ったか、です。諸澄少佐は、軍参謀部が作ったものではない、と言っていました。参謀部の承認なしに関東軍の一部局や隷下師団がそんなものを作るとは、考えられない。つまり、軍以外で作られたのです。しかし、軍でなければ兵力や配置の情報がないので、合理的な計画は作れない。いい加減なものでは、ソ連を騙せません。しかし唯一、それができるところがある」

耕一は一度言葉を切って、松岡の表情を窺った。動じた様子はない。

「君は、満鉄でそれが作られた、と言いたいのかね。満鉄だって、軍の作戦計画なんか作れはせんぞ」

「わかっています。でも、作れるものがある。動員輸送計画です」

ここで初めて、松岡は眉を上げた。侵攻にせよ演習にせよ、軍を動かすには輸送手段が要る。その大半を受け持つのは満鉄で、軍用列車のダイヤを嵌め込むため、綿密な輸送計画を立てなくてはならない。それが動員輸送計画で、それを見る人が見れば、どこにどれだけの兵力がいつまでに移動するか、すぐ割り出せる。結果、その軍が動かした兵力で何をやろうとしているのか、察知できるのだ。

「書類の行方を調べているとき、総裁が経済調査会や輸送局の人間に内密の仕事をさせているという話を、野間さんから聞きました。私はそれを思い出して輸送局の人を捜しだし、話を聞きました。秘密の仕事ですから容易に話してはくれませんでしたが、話の断片や、請求した資料や道具から、ほぼ見当はつきました。総裁がその人たちに、模擬の輸送計画を作らせたんですね」

ふうむ、と松岡が唸った。

「言うことはわかった。しかし、勝手にそんなものを作ったら、関東軍が黙っていまい」

「もちろんです。関東軍の誰かの承認があったのは、間違いないでしょう」

耕一は、口元に笑みを浮かべて付け足した。

「諸澄少佐は、軍が作ったものではないと言いましたが、軍が承認したものでないとは言っていません。でなければ、幾ら諸澄少佐でも使わなかったでしょう」

耕一は一旦座り直し、改めて正面から松岡と向き合った。

「つまり今回の件は、動員輸送計画を使ってソ連当局を欺(あざむ)き、こちらに侵攻意図があるように見せかけ、安易に満州に手出しできなくさせるための、大掛かりな作戦だった。仕掛けたのはあなた。これに乗ったのが、哈爾浜特務機関。そういうことですね」

松岡の顔に、楽しんでいるような笑みが浮かんだ。

「そう思うかね」

「ええ。哈爾浜特務機関の安藤機関長以外に、この作戦を知っていたのは誰です。もしかして、最初に承認したのは、前の関東軍司令官の南閣下ではないですか」

南次郎大将は松岡の旧知で、松岡の満鉄総裁就任にも南の意向が働いていたという事情を考えれば、公式にではなくとも暗黙の了解をしていたことは、充分あり得た。

「現司令官の植田(うえだ)閣下は、ご存知ないんですか」

「こういうのは、植田さんのスタイルじゃないからね。だが、参謀の何人かは知っている」

ああ、やっぱり。耕一は大きく息を吐いて天井を仰いだ。松岡は、耕一の推測を認めたのだ。

「憲兵隊も、蚊帳(かや)の外に置いたんですね」

「あの重箱の隅をつつくような東條さんが、こんなことを認めると思うかね」

松岡は、一刀両断するように言った。もっともな話だ。

「輸送計画をボリスコフに渡したのは塙です。それも、総裁の指示ですか」

「塙は前から社内をうろついて目障(めざわ)りだったんで、社外の者を使ってちょっと調べさせた。そうしたら、ボリスコフとの繋がりが出てきたんでね。こいつは使えると思ったんだ」

塙は大陸浪人の壮士を気取っているが、しょせんは金で動く男だ。使うには便利だったのだ。

「塙が殺されたのは、予想外だったがね。さらに言えば、ミシチェンコだったか、ボリスコフの上司が国を裏切っていたのも計算外だった。あれでずいぶんややこしくなったが、諸澄少佐はうまく対処したようだね」

「確かに」

諸澄の対応は、やはり見事だった。小隊規模の部隊まで用意して列車に乗せたのは、塙殺しを知って、計画に伴う危険度が大きくなったと予想したからに相違ない。計画が大きく緻密なほど、実行段階で予想外の事態が発生するものだが、諸澄はそれを有利に使うことまでしたのだ。

「それで私の役割は、この計画に予定されていたんですか。どうもそうでないような気がしますが」

　耕一は、自身にとって最大の疑問を投げた。そのことが、喉元に引っ掛かっていたのだ。松岡は、苦笑とも取れる笑みを浮かべた。

「そうとも言えるし、そうでないとも言える」

「どういうことです」

「計画実行の要にいる諸澄少佐は、安藤さんによれば、凄腕だが独断専行に走るタイプだそうだ。今回も、ソ連を欺瞞できるかどうかには懐疑的で、寧ろこれを使って満州国内のソ連スパイ網を摘発しようと考えていたらしい。そっちを優先されると本末転倒なので、危惧はしていたんだ」

　独断専行か。諸澄の評としては、まさにその通りだろう。しかも、偶発的要素があったとは言え、最終的に諸澄はそれさえも利用し、スパイ網摘発の目的を達した。あっぱれと言う他ない。

「だから監視役を付けた方がいいのではないか、と思っていた。しかし、あまりあからさまではまずい。そこへ、君が憲兵隊に引っ張られて諸澄少佐の方から接触してきたとの報告だ。これは好機であり、幸運だった」

「それで私に、諸澄少佐に張り付いて逐次報告を上げろと指示されたんですね」

「そういうことだ」

「では、行方不明の書類を捜せという最初の指示は……」

「あれは文字通りのそのままだ。塙が淵上とつるんで、満鉄から持ち出した書類を売るようなつまらん商売をしていたとは知らなかったんだ。そのうえ君が塙の事件を介して諸澄少佐と繫がるとは、考えてもいなかった。だから幸運だ、と言うんだよ」

まあ、これについては松岡の言う通りなのだろう。

「ならば、私に計画全体についてご説明いただいても良かったのでは」

わかっていれば、諸澄を見る目も変わっていただろう。だが、松岡はかぶりを振った。

「そんな暇はなかった。それに、何も知らない方が自然に諸澄少佐と話ができるだろうしな。監視だと勘付かれても面倒だった」

そう言われては、返す言葉はなかった。

「わかりました。では、失礼ながら敢えてお伺いします」

「ふむ。何かな」

「総裁は、どうしてこのような作戦をやろうとなすったのです」

不躾な問いではあったが、耕一はそれが最も知りたかった。満鉄総裁の立場にいる松岡が、どうして軍の縄張りに侵入し、スパイ戦に手を突っ込むようなことをしたのか。

松岡は僅かに首を傾げる仕草をしたが、答えなかった。耕一は、自分から言った。

「もしかして、総裁の意地ですか」

「意地？」

松岡が驚いたように耕一を見た。失礼を承知で、耕一は続けた。

「満鉄改組の結果、満鉄の力は大きく削がれ、満州はほとんど関東軍の意のままになります。それはもう、覆せません。しかしこれは、副総裁時代も含めて満鉄の発展に力を尽くしてこられた、総裁の理想に反します。だから最後に、満鉄にもこんな大胆な作戦がやれるんだ、と見栄を切りたかった。お親しかった南閣下は、その心情を汲んで黙認した。違いますか」

耕一はそこまで一息に喋り、松岡の様子を窺った。松岡は何も言わなかったが、その顔に薄い笑みが戻っていた。耕一は、それを肯定と解釈した。これが松岡なりの、理想と現実との折り合いの付け方なんだろうか。自己満足ではないのか、と耕一は思った。
「さてと、話は終わったかな。では、そろそろ理事会の用意をせんといかんので
ね」
松岡は、ソファから立ち上がりかけた。明確な返答はなかったが、耕一にはもう
充分だった。だがそれ以外に、確かめたいことが残っている。
「申し訳ありません。あと一つだけ」
「何かね」
松岡は一瞬渋い顔をしたが、ソファに座り直した。耕一は身を乗り出し、松岡の
目を見て言った。
「辻村君のことです。なぜ彼を私に付けたんですか」
松岡は、ふむ、と鼻の下の髭を撫でた。
「彼の素性(すじょう)は、聞いたかね」
「ええ。西島さんの息子だと」
「それが理由だ。塙とやらが殺されたと聞いて、すぐ彼を呼んだ。魑魅魍魎(ちみもうりょう)ども
を相手にしようというとき、彼なら君の一番信用できる相棒になると思ったのさ」
そうか、と耕一は納得した。辻村を付けたのは、松岡の親心というわけか。しか
しそれにしても……。

「お人が悪い」

「いつも言われるよ」

松岡は気を悪くする風もなく応じた。

「さて、もういいかな」

松岡は、今度こそ終わりだと腰を上げた。耕一も立ち上がる。

「お時間をいただき、ありがとうございました」

耕一は深々と頭を下げ、ドアに向かった。

「ああ、詫間君」

その背中に、松岡が声をかけた。振り向くと、松岡が笑っていた。

「ご苦労さん。期待以上だったよ」

耕一は黙って再度一礼し、総裁室を出ていった。

二十三

その夜、耕一は矢崎を誘った。行ったのは、警察署から南に数分の近江町（おうみちょう）の裏手にある、日本式の料理屋だった。目立たない、静かな店だ。

二人はまずビールを一本空けた。一息つくと、矢崎は耕一が話し始めるのを待った。耕一が話せることは限られている。矢崎は満足しないだろうが、だからと言って放ったままにはできなかった。

「犯人は、わかった」

予想していたらしく、矢崎は驚かなかった。

「満鉄の関係者か」

「そうだ」

「表立っては、捕まえられないのか」

耕一は無言で、済まなそうに頷いた。矢崎は「くそっ」と悪態をつき、卓を拳で叩いた。

「憲兵が噛んでるんだな」

「憲兵はろくにわかっていない。特務機関が仕切っている。寝た子を起こして憲兵を勢いづかせると、そっちにも火の粉がかかる」

少し大袈裟だったが、そうでも言わないと矢崎は納得すまい。

「そいつは、どうなった。特務機関が押さえたのか」

特務機関が出ているなら、スパイ絡みだと矢崎も承知しただろう。暗に、闇で始末したのかと聞いているのだ。耕一は、かぶりを振った。

「いいや。姿を消した。二度と現れまい」

　午後、耕一は庶務課を覗いてみた。案の定、淵上は出社していなかった。無断欠勤だという。耕一の話を聞いて、虎の尾を踏んだかもしれないと恐慌をきたし、身を隠したに違いなかった。耕一としても、そうしてくれた方が有難い。今頃は朝(ちょう)鮮(せん)半島にいるのか、北支(ほくし)に逃れたか。それとも、内地に潜り込んだだろうか。

「しかし、そいつは弾(はず)みで殺人をやっちまっただけの哀れな男だ。これ以上面倒をかけることはない」

「弾みか。殺人の半分以上はそういうもんだ」

　矢崎はコップのビールを一口で干し、仲居に日本酒を頼んだ。

「面倒をかけないからって、殺人犯を見逃しちまうのか」

「だが、憲兵隊から捜査を再開してもいいとは言ってこないだろう」

「あいつらが、そんなこと言ってくるもんか」

　矢崎は吐き捨てるように言った。

「腹が立つのはわかる。けどなあ、犯人は刑務所にこそ入らないが、当分はお天道(てんと)様(さま)の下を歩けない。それで良しとしておくしかない」

「それで済むなら、警察なんか要らねえ！」

　矢崎が怒鳴り、また卓を叩いた。それから、声が大き過ぎたのに気付いて周りを見回した。幸い、気にした客はいなかった。

「済まん。あんたに言っても始まらんな」

矢崎は詫びると、ちょうど仲居が運んできた徳利（とっくり）をひったくるように取り、自分でコップに注いでぐいっと呷（あお）った。それから気を落ち着けるように深呼吸して、話を変えた。

「紗楼夢の姐ちゃんと、近頃いい感じらしいな」

耕一は、むせそうになってコップを置いた。

「耳が早いじゃないか」

「そういう商売なんでな」

矢崎はコップを掲げて、ニヤリと笑った。

「あの春燕って女の方は、結局何だったんだ」

「あれには触らない方がいい。火傷（やけど）するぜ」

耕一は、片目をつぶってみせた。

「うっかりすると、虜にされる。だが、背中に拳銃を隠している。そういう女さ」

「ふうむ。魅力的にして危険な女か。いいねえ。アメリカ映画に出てきそうだ」

「まさしくそんな感じだな。満映に紹介してみるか」

だったらお前がマネージャーか、と矢崎が笑った。耕一は軽口を続けながら、頭の隅で春燕のことを考えていた。もう紗楼夢には戻っているだろうか。そこでまた、誰かの身辺を探り始めているのだろうか。

　耕一は、ビールをもう一本頼んだ。今夜は、謎の女に乾杯するとしよう。


　それから一時間ほど経った頃。春燕は、紗楼夢の奥にある個室の一つで、一人の漢人と向き合っていた。その男は五十前後に見え、きちんとグレーの背広を着て、ネクタイを締めている。卓にはスコッチウヰスキーのボトルが置かれ、グラスも用意されているが、二人ともまだ飲んではいなかった。

「こんなところへいらして、人目に立ちませんか、張閣下」

　春燕が言った。他の個室と違ってこの部屋は、絶対に声が漏れず、盗み聞きできない構造になっている。張は、いやいや、と手を振った。

「同じ張でも、張学良などと違って私なぞ、大連では無名だ。顔を知っている者なんか、いないいさ」

「そうでしょうか。閣下のようなお方が」

　春燕は微笑みを向け、ボトルを取って張のグラスにスコッチを注いだ。張は軽く頭を下げ、グラスを引き寄せた。

「うん、いい香りだ」

　張は一口啜って、満足げに目を細めた。

「報告は聞いた」

　グラスを置いた張が、いきなり言った。

「関東軍は今のところ、ソ連への侵入は考えていない。そう見るべきだな」

「あのような欺瞞情報を出したわけですから、実際にはその気はない、ということでしょう」

　春燕は、諸澄から聞いた偽の動員輸送計画書の大筋を、ほぼ暗記していた。あれを見たソ連情報当局は、どういう判断を下すだろうか。欺瞞と見破るか、諸澄たちの思惑通りに防御を固めて閉じ籠るか。それは春燕の関知するところではない。

「背後から襲われないよう手を打って、本格的に北支に出てくるか。困ったもんだ」

　張が溜息交じりに慨嘆した。

「どのみち、避けられないことでしょう」

　春燕が言うと、張も「その通りだ」と応じた。

「北進の色気を出してくれれば、時間が稼げると思ったんだが。まあ、いい」

「ということは、再び国共合作のようなことをお考えでしょうか」

　張の目が、見開かれた。が、すぐに苦笑に変わった。

「君は、頭が良過ぎる」

「買い被りですわ」

「頭が回り過ぎるのは、時として諸刃の剣だ。気を付けた方がいい」

「お言葉、胆に銘じておきます」

張は、それでいいと頷いた。春燕は、上目遣いに張を見た。鼻持ちならない男だが、蔣介石の側近である彼の役割は重要だ。決して、粗略にはできない。

「哈爾浜特務機関の君への信頼は、絶大なようだな。さすがは名門の出だけある」

張は春燕を持ち上げるように、そんなことを言った。名門、か。春燕は内心で顔を歪める。春燕の父は、清朝の柱石であった武人集団、満州八旗に属していた。清の末期には名前だけの存在になっていたが、その誇り高き血は春燕の体にも流れている。大連では漢人の出、と偽っているが、その心は、常に満州の大地と共にあった。

清朝滅亡後、この地を支配した張作霖は、最後にしくじった。張学良は、さらに頼りない。結果的に彼らは、満州を日本に売り渡したも同然だ、と春燕は思っている。満州は満人のものだ。五族協和など、空疎なお題目に過ぎない。満州を満人の手に取り戻すため、春燕はどんなことでもやるつもりだった。そのためには、日本の懐に入り込まねばならない。それを厭う気はない。さらに言えば、ソ連は共通の敵であった。ソ連に抗するため日本の特務機関と共に動くのは、春燕にとって矛盾でもなんでもなかった。

「さて、そろそろ失礼しよう。長居はできないものでね」

張はグラスを空けて言った。

「引き続き、特務機関の動きを教えてくれ。特に、北支進出で関東軍はどこまで狙っているのか」

張は言ってから、思い出したように付け加えた。

「満鉄も北支に出るようだ。そちらから探る手もあるだろう」

「はい。それについては、心当たりも」

「わかった。蔣閣下にも、君の働きについては伝えておく」

春燕は、よろしくお願いしますと一礼した。蔣介石の国民政府が、どれだけ春燕たちの役に立ってくれるかは、定かではない。だが、関東軍の膨張を止められるとしたら、今の中国には蔣介石しかいないだろう。当分は、彼につく。その後は、時機が来たら見極めればいい。

春燕は、張を玄関まで見送った。油断ない目付きをした屈強そうなボディガードが二人、付いている。この二人のおかげで結構目立つのに、と春燕は胸の内で嗤った。

張の車が出ていった後、春燕は張が最後に言ったことを考えた。満鉄か。自然に詫間耕一の顔が浮かび、春燕の表情が緩む。ちょっといい男だった。彼なら、仕事抜きで付き合ってもいい。紅蘭は怒るかもしれないが。

春燕は一人で小さく笑うと、さっと身を翻した。夜はまだ長い。満州の夜明けは、いつ来るのだろうか。

〈了〉

【参考文献】

満鉄全史　加藤聖文　講談社　二〇一九年七月
満鉄調査部　小林英夫　講談社　二〇一五年四月
増補　満鉄　原田勝正　日本経済評論社　二〇〇七年十二月
写真で行く満洲鉄道の旅　高木宏之　潮書房光人社　二〇一三年七月
満洲鉄道発達史　高木宏之　潮書房光人社　二〇一二年七月
満洲文化物語　喜多由浩　集広舎　二〇一七年四月
「満鉄」という鉄道会社　佐藤篁之　交通新聞社　二〇一一年六月
世界史のなかの満洲帝国　宮脇淳子　PHP研究所　二〇〇六年三月
図説　写真で見る満州全史　平塚柾緒　河出書房新社　二〇一〇年十一月
南満洲鉄道の車両　市原善積他編著　誠文堂新光社　一九七〇年六月
日本鉄道旅行地図帳　満洲樺太　今尾恵介・原武史監修　新潮社　二〇〇九年十一月
満洲朝鮮復刻時刻表　日本鉄道旅行地図帳編集部編　新潮社　二〇〇九年十一月
全記録ハルビン特務機関　西原征夫　毎日新聞社　一九八〇年十月
東條英機「独裁者」を演じた男　一ノ瀬俊也　文藝春秋　二〇二〇年七月
松岡洋右と日米開戦　服部　聡　吉川弘文館　二〇二〇年三月
東亜全局の動揺　我が国是と日支露の関係・満蒙の現状　松岡洋右　経営科学出版　二〇一九年四月

本書は、書き下ろし作品です。
この物語は、フィクションであり、実在の人物・団体等とは
一切関係がありません。

著者紹介
山本巧次（やまもと　こうじ）
1960年、和歌山県生まれ。中央大学法学部卒業。鉄道会社に長年、勤務する。2015年、第13回「このミステリーがすごい！」大賞隠し玉となった『大江戸科学捜査 八丁堀のおゆう』でデビュー。同作はシリーズ化され、人気を博す。18年、『阪堺電車177号の追憶』で第6回大阪ほんま本大賞受賞。他に「開化鐵道探偵」「入舟長屋のおみわ」シリーズ、『軍艦探偵』『途中下車はできません』『鷹の城』など著書多数。

PHP文芸文庫　満鉄探偵
欧亜急行の殺人

2022年1月20日　第1版第1刷

著　者　山本巧次
発行者　永田貴之
発行所　株式会社PHP研究所
東京本部　〒135-8137 江東区豊洲5-6-52
第三制作部 ☎03-3520-9620（編集）
普及部 ☎03-3520-9630（販売）
京都本部　〒601-8411 京都市南区西九条北ノ内町11
PHP INTERFACE　https://www.php.co.jp/
組　版　有限会社エヴリ・シンク
印刷所　株式会社光邦
製本所　株式会社大進堂

ISBN978-4-569-90186-2

PHP文芸文庫

逃亡刑事

中山七里　著

警官殺しの濡れ衣を着せられた、千葉県警捜査一課警部・高頭冴子。事件の目撃者の少年を連れて逃げる羽目になった彼女の運命は？

PHP文芸文庫

不協和音 1〜3

大門剛明 著

兄弟にして刑事と検事。反目しあう二人の意地と信念が、数々の事件の意外な真相を解き明かす。京都を舞台とした連作ミステリー小説。

PHP文芸文庫

7デイズ・ミッション

日韓特命捜査

五十嵐貴久 著

与えられたのは7日間！　麻薬王変死事件を追う韓国エリート女刑事と警視庁の新米男刑事が、衝突を繰り返しつつも辿り着いた真相とは。

PHP文芸文庫

矜持（きょうじ）

警察小説傑作選

大沢在昌／今野 敏／佐々木 譲／黒川博行／安東能明／逢坂 剛 著　西上心太 編

おなじみの「新宿鮫」「安積班」から気鋭の作家の意欲作まで、いま読むべき警察小説の人気シリーズから選りすぐったアンソロジー。

PHP文芸文庫

あなたの不幸は蜜の味

イヤミス傑作選

宮部みゆき、辻村深月、小池真理子、沼田まほかる、新津きよみ、乃南アサ 著／細谷正充 編

いま旬の女性ミステリー作家による、「イヤミス」短編を集めたアンソロジー。見たくないと思いつつ、最後まで読まずにはいられません。